令和怪談
～澤村有希の怪奇ホリック

澤村有希

竹書房
怪談
文庫

※本書に登場する人物名は、様々な事情を考慮してすべて仮名にしてあります。また、作中に登場する体験者の記憶と体験当時の世相を鑑み、極力当時の様相を再現するよう心がけています。現代においては若干耳慣れない言葉・表記が登場する場合がありますが、これらは差別・侮蔑を意図する考えに基づくものではありません。

時代

〜令和怪談の時代

今、昭和、平成、令和、三つに時代を生きて来た人も多いと思う。

時代が変わる体験が二度あったわけだが、それぞれの印象は一八〇度違う。

昭和から平成に変わるとき、全てが自粛ムードだった。

平成という新しい時代を迎えてからは、漫画の神様・手塚治虫氏が亡くなった。

テレビで訃報を知り、愕然としたことを覚えている。

その時、私が何をしていて、何処でその瞬間を眺めていたのかは記憶が薄い。それくらいショックを受けたのだろうか。

私自身、熱心な手塚氏ファンではない。代表作を読んだ程度の、不真面目な読者だった。それでも子供心に巨大な喪失感があったことに違いはない。

続いて、歌姫・美空ひばり氏が鬼籍に入った。

私の母親がよく言っていた。

「美空ひばりは楽譜が読めないのに、誰よりも素晴らしい歌を歌う、凄い歌手なんだよ」

そんなに凄い人なのだと、テレビで歌う姿をボンヤリ見ていた。

平成に入り、手塚氏と美空氏が続けて世を去った事を受け、こんな言葉が囁かれた。

「昭和天皇が、昭和の象徴である手塚治虫と美空ひばりを一緒に連れていった」

昭和が終わったことを端的に表すと同時に、目に見えない何かの存在を改めて意識したように覚えている。


では、令和を迎えたときはどうだっただろう？

〈生前退位（譲位）〉により、日本中が寿《ことほ》ぎの空気に包まれた。

ある種、華やかなお祝いムードの中、新時代の到来を受け入れていたと思う。

新元号発表までは「元号予想」。発表後は「令和元年・令和初」で盛り上がった。

元号発表後、日本のいろいろなところへ行くとそこには〈令和〉の文字が躍っていて、どこか心が沸き立つような気分になったものだ。

だからなのか、令和元年は良いニュースも多く耳にしたと思う。

しかし、時代のうねりがそうさせるのか、それとも新時代に浮き足立ちすぎているのか、悪いニュースが数多く伝えられるようになった。

時代の転換期による、歪み、なのかも知れない。

私は平成から令和に移るとき、怪異体験談の追加取材で、現地に赴いていた。

何処を見ても令和へのカウントダウンを意識したものばかりだった。

しかし、ウェブ連載用の取材と執筆が待っている。

本当なら、親しい人たちと何処かでワインでも開けていたかも知れないな、と思いつつ、我が業を思い知る。

止められないのだ。怪異体験談を聞くことが。

幼い頃から不思議が好きで、年を重ねるごとに、時代が移り変わるごとにその思いが強くなっていく。聞きたい、聞きたい、と。

これを生来の業と言わずして何というのか。

これから始まるのは、私の業が集めさせた話の一部である。

そして〈令和〉を冠した、令和時代、初の実話怪談集でもある。

時の流れを感じるように、ゆったりと読んで頂ければ幸いである。

筆者

まえがき「時代〜令和怪談の時代」

目次

第三章　令和

第一章 江戸期以前〜明治・大正

笑顔

和久田夏帆さんは二十代の可愛らしい女性だ。

今、某所の職員をしている。

久しぶりに日本橋で彼女に会い、紅茶を楽しんでいたときのことだ。

「ねぇ、澤村さん。聞いてくれます？」

微笑んだ顔の目が笑っていなかった。私は居住まいを正し、耳を傾けた。


彼女の実家は、東京から遠く離れた所にある。

自宅から少し歩けば大きめの川が流れており、広い河原を上流に向けて上ると、土が剥き出しの崖が出てくる。

その崖ではよく化石が見つかっていた。

中学生くらいの時、宿題か自由研究の一環で、彼女は友達と探しに行ったことがある。

少し物色しただけで貝の化石程度なら見つけることが出来て驚いた。

化石そのものに深く興味があったわけではないが、自分で発掘するとやはり興奮する。

一時期、友達数名と一ヶ月に一度か二度はそこの崖に探しに行っていたそうだ。


その後、高校に合格した後だったと思う。

よく晴れた午後、化石が見つかる崖に彼女はいた。

どうして崖に行ったのかは曖昧な記憶しかない。

合格の記念に化石でも見つけてみるか、程度だったと思う。友達を誘ったような気もするが、その日はひとりだったから誰も捕まらなかったのだろう。

足場の悪い河原を進んでいくと、いつもと風景の色合いが少し違うように感じた。

彩度が下がっている、とでも言えばいいのか。

首を捻りながらいつものように崖の表面を探した。条件反射のようなものだ。

化石が入っているであろうノジュールを数個手に取ったとき、崖の表層に何かがあるのが目に入った。

土の表面に露出した、小指の爪くらいの小さく尖った黒い石だ。

教科書や博物館で見たことがあるものにそっくりだった。

(黒曜石の鏃《やじり》？)

もし本物なら、縄文から弥生時代にかけて使われた矢の先端である。

「えー！　ここってこんな物もあるんだ！」

驚いて周りを探してみたが、これひとつしか見つからない。

レアな物を発見したことでテンションが上がった彼女は、鏃をハンカチに包み、大事に持って帰り、自分のコレクションに加えた。

ただ、入学式前の春休みに入った頃だった。
友達と遊んで少し遅くなった。門限には間に合ったけれど、両親は渋い顔をしている。
リビングにいるとお小言が始まりそうなので、自室へ入った。
ふと棚の方が目に入る。黒曜石の鏃が入った小箱があった。
(ああ、最近見てないな)
取り出して、鏃を指先で摘まんでみた。
(やっぱり、縄文時代のものだと思うなぁ)
形状や表面の状態、大きさ、使用されている石の種類を自分の分かる範囲で調べてみた
結果、その結論に至った。

もちろん素人の目による推察なので、間違いかも知れない。それでも彼女にとって〈縄文時代の鏃〉だった。

(やっぱりスゴイものだよね、これ)

目を凝らす内、なんとなく鋭い先端を指先で触れてみた。

チクリとした痛みを感じる。

(これが飛んできて、身体の中に突き刺さっていたんだよね)

改めて考えてみれば、人を殺す道具なのだ、これは。

(刺さるのかな?)

彼女は右手の人差し指と親指で鏃を掴む。

左手首に青黒く浮いた静脈の上へ、そっと当ててみた。

力を込めたら、白い皮膚を突き通し、血管まで届く。そんな想像にぞくぞくする。

(やっちゃえ)

親指の腹で、鏃を思い切り押そう——としたとき、背後に何かの気配を感じた。

振り返る。

少し離れた後ろに、誰かが立っていた。

中学二、三年くらい。

綺麗目の顔立ちをした少女で、トレーナーにハーフパンツだった。

思わず声を上げる。少女は消えた。

目の前で起きたことが信じられず、呆然としてしまう。

ドアが開いた。飛び上がる。そこには母の姿があった。

「こんな遅い時間に長々と大声で笑って！　ご近所迷惑だから止めて」

一方的に叱りつけると、ドアを閉じた。

おかげで毒気を抜かれ、落ち着きを取り戻せたような気がする。

少女を見たのは一瞬のこと。服の色も柄も覚えていない。単なる目の錯覚だったのだと自分を納得させようとした。が違和感が残る。

（……大声で笑って？）

母親は確かにそう言っていた。自分は笑ってなどいない。少女に驚き、叫んだのだ。だとすれば、母親が聞いていた笑い声の正体は一体何なのだろう。

（これも、きっとお母さんの聞き違い。叫んだ声が笑い声に聞こえたんだ）

長々と、という部分は無視して、彼女は気分転換にお風呂に入ろうと思った。

立ち上がろうとした際、ころりと何かが床のカーペットに落ちた。

黒曜石の鏃だった。

存在を忘れていた。そっと指先で摘まむと少しべたつくように感じる。
見れば何かの液体がこびりついていた。
指で擦る。赤っぽい色が指紋の筋にそって広がった。
(血?)
思い出し、自分の左手首へ視線を向ける。
そこに微かな傷があった。だが、僅かな血が滲んでいるだけだった。
(ああ、これか)
自分の血液が付いた鏃をティッシュで拭い、再び箱へ戻す。
古代の鏃は今も鋭さを失っていないんだな、と思いながら。

しかし、その日を境に彼女には悪い癖が出来た。
夜、誰もいない部屋で、左手首に鏃を当てることだ。
偶に力を込めて、皮膚の表面を薄く傷つける。それが堪らなく心地よかった。
今になって考えると自傷癖に近い。
血が出たときは時折背後に何かがいるような雰囲気を感じる。
振り返るが何もない。あの少女の姿はあれ以来見なかった。

手首に複数ある傷を家族から指摘されるが、寝ているときに引っ掻いた、や、部屋の掃除で怪我をしたと説明した。多分、嘘だとばれていただろうが。

剃刀やカッターナイフとは違う、小さな点のような傷が幾つか増えた頃だったと思う。

彼女はもっと手首の深くに鏃を突き込みたくなった。

自分の身体奥深くに挿入される異物と、その痛みを想像する。

きっと痛いだろう。だが、これまでと違う段階の快感を得られそうな気がする。

居ても立っても居られない。

左手首に鏃を深々と……刺せない。先端が逃げ、上手くいかないのだ。

左腕を机に置き再チャレンジするが刺しづらい。

(あ、そうだ)

先端をある程度入れてしまえば、刺しやすくなるのではないか。

そのためにはガイドになる穴が要る。

裁縫針やコンパスの針、或いは錐のようなものが必要だ。

何処にあっただろう？　机の中にあったかもしれない。

引き出しを探していると、母親が怒鳴り込んできた。

「こんな夜中に大声で笑いすぎ！　何を……え？　それ、どうしたの!?」

部屋の中へ駆け込んできた母親が、こちらの左腕を掴む。

見れば血で赤くなっていた。

指先を切ったくらいの出血だったが、塗り広げたようになっている。

「血を拭って！　絆創膏貼らないと！」

大騒ぎする母親の目を盗み、鏃をポケットに隠す。

見咎められて取られたくなかった。

それほど彼女にとって鏃は大事な物になっていた。


翌日、目が覚めた朝だ。

忘れないうちに隠していた鏃を取り出す。

途端に吐き気が襲ってきた。原因は分からない。動悸が激しくなり、立っていられなくなった。目眩とは違い、足腰に力が入らないのだ。

そこで初めて、鏃が危ないものではないかと自覚した。

おかしな女の子。覚えのない笑い声。繰り返してしまう自傷。

このほかに具体的な理由はない。

ただ「これは持っていたらヤバイものだ」と感じたのだ。

鑢を床に置き、落ち着くために何度も深呼吸を繰り返した。

徐々に下半身へ力が戻ってくる。立ち上がり、ティッシュを何枚も重ね、鑢を摘まんだ。

体調不良は襲ってこない。

(棄てないと)

しかし、何処に?

(元々あった場所がいい)

手早く着替え、朝食も食べずに外へ飛び出した。

あの崖に着く。手に持ったままの丸めたティッシュを広げた。

鑢の先端が欠けているように見えたが、もうどうでも良いことだった。

拾った場所へ投げ棄てる。

ホッと一息ついたとき、視界の端で動くものがあった。

視線を向ける。

崖の奥、その陰に身を潜め、こちらを覗うような様子の人物がいた。

黒いサファリキャップを目深に被り、俯いている。だから顔も年齢もハッキリしない。

背は低めで小肥り。薄手のジャンパーはグレーベースで、黒いズボンを穿いている。

体型から言えば男性に思えた。

ただ、こんな所で身を隠すような行動を取る人間は、どう考えてもまともではない。きっと危険人物だ。

目を離さないようにして後退《あとずさ》る。

相手が顔を上げた。

四角い輪郭。離れた目は細く、頬骨が目立つ。男だった、と思う。

彼は満面の笑みを浮かべていた。

肩を交互に揺らしながら、こちらへ近づこうとしてくる。

叫びながら逃げた。途中、何度か振り返る。男の姿はない。それでも何処で見られているかも知れないという怖れがあった。ぐるっと遠回りをして自宅へ戻ると、母親が驚いた声を上げる。顔色が考えられないほど土気色をしていたらしい。

ソファに寝かされながら、今し方遭遇した男について訴える。

父親が近くの交番へ行き、相談をしてくれた。

パトロールの強化を約束してくれたようだ。しかし、彼女は二度とあの崖には行くことがなくなった。

「それからはおかしなことはなくなったんですけどね」

あの鏃は、あの異様な男が作って仕込んだものではないかと和久田さんは話す。

「また拾いに来た子供をおびき寄せるための罠、とか」

おびき寄せた子供に男が何をするかは、あまり口に出したくないものだと苦い顔をする。

しかし疑問は残る。部屋に出た少女や各異変だ。

彼女は少し考え込んだ。

「……最近、少し気になることが出来て、これ見て貰おうと思ってこの話をしたんです」

左の袖を捲った。

手首の内側に黒い点がある。黒子のようだが、少し盛り上がって見えた。

「これ、最近出来た黒子《ほくろ》なんですけど、なんだか気持ち悪くて」

薄い皮の下に異物感があると言う。

触れると小さな固形物が潜り込んでいるような、極小さな石が埋没しているような感触がする、らしい。

彼女は黒子を横から指先で押す。皮膚の動きから、確かに何かが入っているようにも見える。ただし、抉り出すにはかなり深い所まで切開しないといけない感じだ。

「これ、何となくですけれど、鏃の先っちょじゃないかな、って」

棄てる前、欠けていたあの部分が、時を越えて自分の腕に入り込んだのではないか。そんな想像が浮かんで仕方がないらしい。

「それに、あの鏃は縄文時代のものではなくレプリカではないかと。今になって考えると、あの鏃は新し過ぎるように思います」

あの男は偽の鏃を呪いのアイテムとして作り、あの崖に置いて……そこまで話した後、彼女ははっとした顔に変わり、否定を始めた。

「いや、それってどんだけオカルトなんだろ。ただの妄想です。忘れて下さい」

鏃と男、身に起こった怪異。

全部が彼女の中で関連づけられているようだが、それ以上は何も言わなくなった。

鏃のあった崖は、大雨で崩れ、今はもうない。

和久田さんは近い将来、問題の黒子の除去手術を受ける予定である。

「何かが出て来たら、また連絡します」

でも、何も出ないといいなと、彼女は苦笑いを浮かべた。

茶碗

四十代後半を迎えた秋野早苗さんは、溌剌《はつらつ》と生きる女性である。

所謂キャリアウーマンで、多数の部下を抱えているそうだ。

本人は〈出来る女を装っていたらこうなった〉と謙遜するが、実力だろう。

そんな彼女と食事をしていたとき、食器の話になった。

「そう言えば、うち、お宝があるのよ」

彼女の祖父と父親は骨董好きで、いろいろなアイテムを所蔵しているらしい。

「子供の頃とかよく見せられていたけど、価値なんて分かんなかったなぁ。でも、ひとつだけ好きなものがあった」

それは平安時代から鎌倉時代辺りの茶碗だ。底までが余り深くないもので、縁は少し歪。白っぽい釉薬《ゆうやく》が掛かっている。

素人目にも味があるように思うが、値段は思ったより安いと聞いた。

〈でも、値段じゃない。これには価値があるんだ〉

そう祖父と父親が彼女に話して聞かせるのだが、その価値については教えてくれない。大人になってお前が嫁に行くときにあげるから、その時な、と二人は笑っていた。


しかし、彼女が中学生の頃だ。卵巣嚢腫だと診断された。

下腹部の違和感と腹痛や腰痛で母親と病院に行ったときに発覚したのだ。

片側を切除することになったが、やはり「将来、子供が出来にくくなる」と言われた。母親が担当医に食い下がるように何度も聞き返すのを、他人事のように見ていた自分を、今も覚えている。

手術の前々日、リビングに祖父があの鎌倉時代の茶碗を持ってきた。

中には透明の液体が入っている。

「これは?」

「山の湧き水。これをこの茶碗で飲めば、手術も上手くいく」

ゆっくり口に含むと、冷たさと甘みを感じる。砂糖や果実のようなものではなく、澄んだ幽《かそ》けき甘みというのか。美味しくてすぐに飲み干してしまった。

おかわりを二回したところで、急に飲めなくなる。一口すら喉を通らない。苦いのだ。

嚥下しようとしても身体が拒否をする。キッチンへ行って吐き出してしまった。

「ああ、もういいみたいだな」

祖父が笑って茶碗を受け取った。

「どういうこと?」

祖父に訊くと、もういいかと教えてくれる。

「この茶碗には昔の偉い人が術を掛けていて、これで湧き水を飲むと運気が上がり、体調もよくなるんだ。十分飲んだら、飲めなくなるもんなんだよ」

予想をしていなかった内容で驚いた。

そんなによいものなら毎日、家族皆で茶碗を使えばいいのにと言えば、祖父は首を振る。

「いやいや。ここぞというときに使えと言われていたから。日常で使うと逆に毒になる」

そんなものかと頷いていると、祖父が頭を撫でた。

「これでもう大丈夫。手術は上手くいく。お前は子供も授かれる」

その言葉の通り、手術は成功した。


それから数年経ち、時代が平成に変わったときだった。

あの鎌倉時代の茶碗が割れた。

箱の中で、ひとりでに、真っ二つになっていたのだ。

「ああ、昭和が終わったからだなぁ。ごめんな。お前に渡せなくなった」

祖父が寂しそうに笑っていたのを今も思い出すことがある。

そして、数年後、祖父はあの世へ旅立った。


「でもね。その茶碗の術は効いたと思うよ」

秋野さんには大学生になる子供がいる。

「あれだけ出来にくいって言われていたのにねぇ。でもその後、すぐ、旦那とは別れちゃったけど。それからずっと独身。流石の茶碗の術も、そっちは駄目だったのかも」と笑った。


割れた鎌倉時代の茶碗は、彼女の家にある。

箱に入れ、封印をし、大事に隠してあるという。

子供が結婚したら金継ぎでもして渡そうと考えている。

「それまでは箱を開けない。ま、願掛けみたいなもの」

まだあの術の力が茶碗に残っていますように、と――。

追放

森山千秋さんと五反田《ごたんだ》駅で落ち合った。

チェーンのカフェに入り、無沙汰を詫びる。数ヶ月ぶりの再会だった。

前回、少し聞いた体験談の続きを今日は話してくれるのだ。

水を向けると、彼女が少しだけ硬い顔を浮かべた。

「私の家、森山家がどうも江戸時代に何かやらかしたらしくて」

彼女が親から聞かされた所によると〈当時の先祖が罪を犯して、中追放というものになった〉らしい。

所謂〈構《かまい》〉……追放刑である。

当時の地名で言えば、武蔵、山城、摂津、和泉、大和、肥前、東海道筋、木曽路筋、下野、日光道中、甲斐、駿河からの追放になる。

簡単に言えば、江戸と上方、幕府が重視する直轄都市から追い払うのだ。

因みに時代劇などで見られる〈江戸払い〉〈所払い〉はとても軽い刑罰に値する。

「父方の祖父が調べたことだから、どこまで本当が分かりませんけどね」

でも、と彼女は不安げな様子で話を続けた。


彼女の実家は酒所の地方にある。

大学卒業後、就職で東京に出て来てからすでに七年が過ぎた。

もちろんその間に親や祖父が様子を見に来たことが何度もある。

しかし、その度に不幸に見舞われ、予定の日数を残したまま帰るのが常だった。

父親は酒を少しでも呑むと悪酔いし、倒れてしまう。

翌日も重度の二日酔いで起き上がれず、結果、観光も何も出来ない。

特に日本酒だと顕著だ。酒所出身で「笊《ざる》を越えた枠」と呼ばれるほどの酒豪なのに、東京で呑むと、からっきし駄目になる。

酒が駄目なら、と別の時には呑まずに観光へ出た。しかし、財布を落とす、携帯をなくす、挙げ句の果てに転んで左足を挫く。実家へ戻っても痛みが続くので病院へ行ったら剥離骨折を起こしていた。それも何故か両足が、である。

父方の祖父が来たときは、東京駅に降り立った途端、蕁麻疹《じんましん》が吹き出した。

新幹線の中ですでに体調不良が始まっており、それでも孫娘の顔見たさに頑張った。だが、ホームに降りたときに酷い痒みに襲われて耐えられなくなったのだ。

改札で顔を合わせたものの、祖父はもう帰ると言い出した。

無理強いは出来ない様子なので、新幹線チケットを取り直し、送っていこうとする途中、祖父が転んだ。左足を軽く捻ったせいで余計に辛い状況になる。

見送った後、彼女は祖父が戻るから、駅まで迎えに行ってと親に連絡をしておいた。

数時間後『お祖父ちゃんは無事に着いた。連れて帰った』のメールが入る。

安心していたが、翌日の昼だった。

『お祖父ちゃん、両足が腫れてしまって、病院で診察して貰ったら、靭帯を酷く傷めているみたい。昨日は左足を挫いたんだよね？』

それ以後も、祖父と父親は東京へ来る度に何事か不幸を抱えて戻っていく。

逆に、母親には何もない。強いて言えば、東京で父親の不幸の後始末をする面倒が、不幸、かも知れない。

「自分らは東京の水が合わないんだろうか」

「土地との相性というものか」

彼らは真剣に悩んだようだ。

そして祖父が調べ当てたのが「江戸時代、当時の先祖が罪を犯して、中追放というものになった」ことだった。

『どういう罪を犯したのか分からないが、多分、うちの血筋のものは、今も中追放されているんだよ。それからうちの祖先の犠牲者の祟りなんだよ。お前らは、永遠に中追放して苦しめてやるぞ、っていう』

電話の向こうでがっくりした様子の祖父に、彼女はある疑問をぶつけた。

「うちの皆で、奈良とかいろいろ旅行に行ったでしょ？　中にはその〈中追放〉に入っているところもあったじゃない？　その時は何も起こらなかったよね？」

あっ、と祖父が声を上げた。

『東京だけだなあ。俺らが酷い目に遭うの。お前のお姉ちゃんもそうだっただろ？』

そうだ。三つ年上の姉も、就職で東京へ出たら酷い目に遭った。

吉祥寺に住んだのだが、そこは〈出る〉アパートだった。

日中も夜も関係なく、トイレの水が勝手に流れたり、電灯が勝手に明滅を繰り返したりした。フレームに入れて飾っていたポスターも、風すらないのに勝手に揺れる。

複数の人の気配が部屋中を歩くのは日常茶飯事。たまに髪や足首を強く引かれる。

ついには人の形をした薄茶色いものが、姉の背後にベットリ纏わり付いているのを見た

たった。


人すらいた。

仕事も、人間関係も上手く行かなくなり、姉は会社を辞めて地元へ戻った。

今は地元企業に再就職し、夫と子供がいる。

ただ、二度と東京へは行きたくないと言うので、自分の所へ遊びに来たことはなかった。


「だから、うちの家族は東京に来なくなりました。あ、母だけは来ますけどね。しかし、どうして、他の家族だけが東京が駄目なのかは今もハッキリしません」

森山さんが薄く笑う。

私は思ったことをぶつけてみた。

家族のうち、東京で不幸になったのは、お祖父さん、お父さん、お姉さんの三人だ。お母さんだけ違うと聞いたとき、一瞬〈森山家の女性だけは影響がないのか〉と考えた。

何故ならば、森山さんも東京に住んでいるが何もないからだ。

しかし、お姉さんも犠牲になっているのであれば、その仮説は成り立たない。

「そうですね。うん……」

顔が暗くなる。

「私、父にも母にも似ていないんです。父方の祖父母にも似たところがなくて」

どう答えていいのか分からない。

「姉は、父そっくりです。髪質は母に似ています」

僅かな沈黙の後、言葉を選ぶように、彼女は私に言った。

——もし、森山家の血筋の人間が、東京が駄目というのなら、私は森山の血を引いていないのでしょう。母と同じように。

紙束

小郷知子さんが子供の頃の思い出を話してくれた。
彼女が十四歳だった時と言うから、二十五年前のことになる。

当時、彼女の母方の祖父母は北陸に住んでいた。
夏や冬の長期休みには母親の里帰りでよく数日間泊まったものだ。
十四歳の夏も、祖父母の家を訪ねた。
ただし、父母と弟より一週間早い出発のひとり旅である。
東京から北陸方面は今よりアクセスが悪い。のんびりとした移動だった。
目的の駅に着くと、祖父母が待っている。
初日は外で新鮮な魚介類を食べ、翌日からは宿題と周辺の散策に明け暮れた。
そんな姿を見た祖父が、倉庫から何かを持ってきて差し出す。

「これ、宿題の自由研究なんかに使えんか?」

古びた紙の束だ。

紐で綴じられることもなく、ただ重なっているだけ。

一番上には漢字らしきものが幾つか書いてある。

「これ、何?」

祖父が笑顔で答えた。

「黄表紙ちゅうものやよ」

「きびょーし?」

黄表紙とは江戸時代中期に流行った、絵物語の一種である。

画と文章で大人向けの滑稽な話を描いた、今で言う漫画に近い。数冊でひとつの物語となっており、その表紙の色が黄色だったことから黄表紙と呼ばれた。

「ほやけど、これは普通の黄表紙でねえんだ」

祖父の言葉に頷いてしまう。黄色い表紙が付いていないし、本にもなっていないからだ。

そこを指摘すると祖父は大声で笑う。

「ほりゃそうだな。ほやけど、これは〈江戸時代に黄表紙を素人が真似て描いたもの〉らしいから。ほれはほれで黄表紙って言うていいんでねえかな」

祖父の友人宅にあった物だったが無理を言って譲り受けた、らしい。

「ソイツのご先祖様が描いたんだって。それが代々伝わってて、去年発見された。価値があるのかないのか分からんが、何とのう面白そうやで貰うてきた」

表紙をじっくり見ると、どうも筆と墨で直接書かれているように見える。

多分、原本というものだろう。

「でも、黄表紙を真似て描くとか、今の人が見様見真似で漫画を描くような感じだね」

「確かにそうだ。中身は下手糞やったし」

祖父が和紙の束をパラパラと捲った。

文字と画があるが、どれも稚拙だ。小学校高学年辺りの落書きに思える。字もかろうじて漢字とひらがなだと分かるが、読み取るには苦労しそうな代物だった。

祖父も殆ど読めないらしい。

「これの内容を解読して、黄表紙の歴史と一緒に纏めたらどうだ？」

良い提案だと思った。だが、本当に読み解くことが出来るだろうか。

一応預かって、全部の頁に目を通した。

枚数は五〇枚程度だろうか。しかし、やはり文字は読めない。蚯蚓がのたくったようなもので、解読する取っ掛かりすらない。

画だけは何とかなりそうだったが、改めて見るとおかしなものが多かった。

例えば、着物の女の人らしき画があるが、何故か両腕がない。

次に褌一枚の男の人っぽいものともうひとりが出てくるが、片方は上半身のみで下が描かれていない。下にはまだスペースがあるのに、空白になっていた。

更に進んでいくと、台らしき上に丸が五つほど並べられている。

丸の中に点が打ってあって、顔にも見えた。もしかしたら人の頭なのだろうか。

他は、立っている人のお腹辺りから何かが吹き出していたり、胴体から頭が落ちるところだったり、寝転んだ人のお腹から小さな人が飛び出していたり、と訳が分からない。

少なくとも、滑稽さは感じられなかった。全体的に不穏なものが漂っている。

(今日は、ちょっと疲れちゃったから、また明日にしよう)

紙の束を祖父に返し、翌日また改めて調べることにした。


だが、その夜、彼女は夢を見た。

うす暗く狭い部屋で、誰かが背中をこちらに向けて座っている。

男性だろうか。褌一枚で、頭は崩れかけたちょんまげだ。時代劇に出てくる長屋の住民のような雰囲気があったが、あれより数段汚い印象を受けた。

男は床に置いた紙に、一心不乱に何かを書いていた。

前に回り込んで顔を見ると、無精髭だらけで目だけが爛々と光っている。

よく見れば、左手に筆を握っていた。

右手は指が何本かしか残っていない上、全体がおかしな色に変色している。濃い赤紫というのか、赤黒いというのか。何かで潰されて怪我を負ってしまった、そんな雰囲気だ。

男は大汗を掻きながら、筆を動かす。しかし思ったような線にならないのか、時々叫び声を上げた。甲高いそれは、癇癪を起こした子供の声に似ていた。

周りにはたくさんの紙が散乱している。

そこに描かれていたのは、あの黄表紙を真似たものにソックリだった。

――そこで、彼女の目が覚めた。

何故か息苦しい。

起き上がって、息を整えた。

（……祖父が持ってきたあの紙の束の作者が夢に出て来たの？）

まさか。自分で自分を笑うしかない。

全てを無視して、布団に入る。そして朝までぐっすり眠った。

朝を迎え、祖父母と朝食を摂っているとき、昨夜の夢の話をする。

祖母は眉をしかめていたが、祖父は逆に褒めてくれた。

「日中の体験が夢に出る。ほうか。お前は、感受性が強い子だな。芸術分野とかに進むと才能が開花するかもしれん」

この言葉がヒントになったのかも知れない。

彼女はあの紙の束の画を模写することに決めた。

やり方は割と手間の掛かる方法を選んだと思う。

墨と筆による線はある程度太いので、まず下書きとして簡単にアタリを描く。

そのアタリに沿って、線の輪郭を少しずつ引いていく。

全てを終えたら、ペンで中を黒く塗りつぶすのだ。

一時間でひとつ描き終えるくらいで、長いものだと二時間ほど掛かる。

午前から午後に掛けて、三つほどしか写すことが出来なかった。

(これだと全部を写し終わるの、何日かかるんだろう?)

五〇枚で、一枚に画はひとつ。だとするとここにいる間には絶対終わらない。

もっと簡単な模写へ変更すべきかと考えていると、右手に痛みが走った。

虫に刺されたような感覚で、思わず掌《てのひら》を見る。

該当しそうな虫の姿はなかったが、見る間に腫れてきた。

手を握り込もうとするが、膨張しているせいか反発感がある。

薬を貰いにいこうと立ち上がったとき、右手全体が痛くなってきた。

見れば皮膚が赤黒くなり、心臓の鼓動に合わせてドクドクと激痛が走る。

祖母の元へ駆けつけると、彼女も目を丸くした。

氷で冷やされると少し痛みが引いた。しかしそれを止めると痛みがぶり返す。

泣き出しそうになっているところへ祖父が帰ってきた。

手を見るとあっと声を上げて駆け寄ってくる。

近くの皮膚科へ連れて行かれたが、診断は「虫刺されか、植物が原因か。軟膏と飲み薬を出すので、それを忘れないように」だった。

確かに軟膏と薬は効いたような気がする。痛みが薄れたからだ。

代わりに腫れが酷くなっていった。パンパンになった右手は、グローブみたいだった。

手の感覚も鈍っているのか、自分の手ではないように感じる。

心配する祖父母を安心させたくて、大丈夫だと言ったが、不安は残った。

翌朝、左手で朝食を食べながら、昨日の作業の続きをどうするか考えた。

右手が使えないと模写は出来ない。とはいえ自由研究を途中までやっているようなものなので、ここで辞めるのは勿体ない気もする。

試しに左手で始めてみたが、やはり上手くいかない。

線を引きながら悩んでいると、祖母が飛び込んで来た。

「どうしたの⁉　大っきな声出して！　手が痛いの⁉」

声を出した記憶も、痛みもない。

「え。だって、こっちから大きな声が聞こえたよ？」

苦しいような、痛みに耐えているような、そんな声だったらしい。

もちろん自分はそんなことをしていないし、聞いてもいない。

なんだったんだろうね？　とお互い顔を見合わせているところへ、祖父がやって来た。

確か、朝一で市役所へ行っていたはずだ。

「ごめん！」

突然、祖父が頭を下げた。

「役所で、ほの黄表紙をくれた人にばったり出会うて。やっぱり返してくれって」

孫が自由研究に使っているから、返却はもう少し後でいいかと言ったのだが、うんといってくれなかった。それどころか今日中に持ってきて欲しいと注文まで付けられたようだ。

祖母が横から口を出す。

「どうしてそんなに急ぐの？」

「いやー、なんでも、高う買うてくれる人が来てて、今日までの約束やとか。あとからうちに行こうしてたらしい」

でも、嘘っぽく聞こえたがなぁと祖父は困った顔を浮かべた。

しかし約束をしたから、と紙の束を持って、祖父は謝りながら出て行った。

こうなると模写した物も無駄である。

彼女は祖母に頼んで、写し終えた部分を棄てて貰った。残念だったが仕方がない。

翌週、両親と弟が来る頃には手の腫れも引いた。

数日間、祖父母宅の生活を全員で楽しみ、そのまま帰京する。

祖父は最後まで申し訳なさそうにしていたが、それもそれで可哀想だった。


冬になり、年末をまた母方の祖父母宅で過ごすことになった。

二十八日の午後、父親の運転するレンタカーで到着すると、何か慌ただしい様子だ。

祖母が出て来たが、何か困った顔をしている。

「知り合いの家で人が亡くなったで、通夜に行かなあかん。皆で留守番してくれる？」

母親がそれを了承し、祖父母を見送った。

二人が戻ってきたのは午後九時を過ぎた辺り。

疲れた顔の祖父がこちらを向いて、口を開く。

「あのな。今日の通夜、あの黄表紙を返した家なんやよ」

亡くなったのは、祖父の友人である。

山仕事をしているとき、固定索のワイヤーが切れ、胴体を直撃したことが死因だった。

「最近、あの家、悪いことしか起こってえんでなあ。そこにこれだ」

祖父の友人宅では夏からの数ヶ月間で、次々に不運に襲われていた。

まず、友人の息子さんが工場で右手を切断する大怪我を負った。

そして友人の奥さんが大腿骨を骨折。歩行が困難となり、それが元で認知症が始まる。

加えて、息子さんのお嫁さんが流産をした。原因は自宅で転び、前にあったでっぱりで腹部を強打、そのまま後方へ転倒したこと、であるらしい。

「ほれでアイツも死いでもちね。今、あの家は……」

泣きそうな祖父の顔を眺めながら、彼女はとても厭《いや》な想像をしていた。

(まさか、あの黄表紙が原因じゃないよね?)

あの時、おかしな夢を見た。そして手も腫れた。祖母はおかしな叫び声を聞いている。

更に、祖父の友人宅の不幸が重なりだした時期が、紙の束を返した時期に合致する。

（……いやいや、こういうことを考えてはいけない）

そっと心に仕舞い、誰にも言わなかった。


「……って話です。凄く前のことだけど」

小郷さんが話を終えた。

彼女が黄表紙のことを私に話したのには、きっかけがある。

私が持っていった取材旅行のお土産だ。

そのお土産は〈にわかせんべい〉。

博多の名物で、小麦粉と卵を混ぜて焼き上げた、甘い煎餅である。

せんべいの形状は所謂〈お面〉を象っており、独特の形をしている。

それは博多仁和加《にわか》という伝統芸能で使う長方形を横にした面で、鼻から上を覆う形だ。

独特の下がった眉と目が描かれており、ユーモアに溢《あふ》れている。

これを〈にわか面〉という。

にわかせんべいのパッケージにもこのお面がデザインされているので、知っている方も多いかも知れない。

その、私が手渡したにわかせんべいを見て、彼女はポツリと漏らした。

「前から、これを見ると思い出すんですよね。中学生の時の夏を」

そう。黄表紙のことである。これが始まりだった。

では何故、にわかせんべいを見ると思い出すのか。

「あの、紙の束の最後から二枚目だったと思いますけど、そこに、これに似た顔があったんですよ。いや、お面かもしれないけど。凄いインパクトだから覚えています」

顔と言っても不完全な画だった。

紙の中央に卵形の輪郭線がある。実寸で、大人が目一杯広げた掌大だ。

そして、その中に二つの目だけが描き込まれている。眉はない。

目尻の下がったその両眼は、にわか面のものに近かった。

顔が描かれた頁には他に文字はない。ただ、目だけの顔があるだけだ。

見つめていると、目が動きそうな気がして、少し怖かったという。

「あれが何だったのか。いえ、あの紙の束が何だったのかすら、ハッキリしませんね」

小郷さんの母方の祖父母が鬼籍に入ってから数年経つ。

だから、あの紙の束は行方知れずのままである。

二人

西堀果奈さんの父方の曾祖母は、大正生まれだ。

生きていれば百歳を越えているが、米寿を迎える一年前に亡くなった。

「あなたは私のお母さんに気質が似ちょるねぇ。大人しいけど、頑固」

祖母はそんなことをよく彼女に話していた。

これから記すのは、その曾祖母が祖母に残した話である。


彼女の曾祖母は東京から遠く離れた場所に生を受けた。

だから大正という時代の影響は緩やかだったという。

十五歳を迎えた頃、何か用事があって人気のない道を歩いていた。

大きな風呂敷を持っていた記憶があったから、お使いだったのかも知れない。

川の傍を通り過ぎようとしたとき、小さな橋の上に二人の男女の姿を見かけた。

田舎ではなかなか見ないようなモダンな姿だ。
ダークカラーで細身のスーツを着て、長い髪の男性。
寄り添うように立つ女性は髪が短く、丈の短い柄物のワンピースだ。
ああ、都会から来たのだろう。曾祖母はうっとり眺めた。
男女はまるで画から抜け出てきたような、別世界の住人に思える。
ふと自分の見窄らしい格好を思い出した。恥ずかしい気持ちが湧いてくる。
あの二人は私を見て嗤っているのではないか。
そっと様子を覗うと、二人が橋の低い欄干に足を掛けるところだった。
そして、あっという間もなく、川へ向かって身を躍らせる。
幅は狭い癖に流れが速い場所だ。川底も水流で削られているせいか深い。
曾祖母は橋まで駆け寄って、下を覗き込んだ。
すでに二人の姿は何処にもない。
助けなければいけない。それだけを考えて周囲を見回す。
その時、近くの小屋の傍に、あの男女が仲睦まじく立っているのを見つけた。
二人はこちらを見つめて微笑んでいる。
(え!? どうして!?)

まるで狐か狸に化かされたようだ。

フラフラと近寄っていくと、男の人が右掌をこちらへ向けて差し出した。

〈こちらへ来てはいけない〉

標準語の響きの言葉だ。それだけを言い残し、女の人の肩を抱いて、小屋の陰に入る。

呆気にとられたものの、すぐに後を追いかけた。

小屋の陰にも、周りにも、もう二人の姿は欠片もなかった。


「私、この話好きで、よくお母さんにねだって、何度も聞いたんよ」

祖母が嬉しそうに西堀さんに言う。この話をしたときは、いつもこうだ。

そして次に話す内容も決まっていた。

「でもね、ずっと後よ。お母さんがテレビを見て、何か驚いたような声上げたんよ」

昭和の時代だった。テレビドラマの画面を指さす。

〈アタシが見たんは、この人達よ！〉

あの、橋の上にいた男女だと、曾祖母が繰り返す。

ドラマのシーンは複数の人間が入り乱れており、誰のことか分からない。

〈ああー、消えてしもうたぁ〉

曾祖母はとても残念そうな声を上げていた。

〈あの日見た格好、そのままだったんよぉ〉

ドラマのシーンは当時の現代劇で、昭和最先端のファッションだった。

少なくとも大正時代を思わせる要素はない。

では大正時代、曾祖母が見た二人の格好は何だったのだろう。

他のテレビ番組に出てくるテレビスターではないようで、曾祖母が騒いだのは、そのただ一度だけだった。


「それからずっと後よ。朝、起きてきたお母さんが夢を見たって言ってね」

曾祖母はあの男女が夢に出て来たと喜んでいる。

〈二人がねぇ、アタシにねぇ、明日、いいところに連れて行ってあげるーって〉

良い夢だったと微笑んだ。

――その翌日、朝、いつまでも曾祖母は起きてこなかった。

呼びに行くと、息を引き取っていたのだ。

とても幸せそうな顔だったと、祖母はほんの少し寂しそうに当時を振り返る。

西堀さんはその祖母の様子を思い出すと、なんとも言えない郷愁を感じる。

それは曾祖母の、あの二人に対する思いを含めたものかも知れない。

そんな時、彼女は曾祖母から受け継いだ血と〈よく似ている気質〉について想うと同時に、ある予感に囚われる。

「いつか、私もその二人に出会うかも、って。変な勘ですけれどね」

現時点では全く出会っていないけれど、と彼女ははにかんだ。

布札

ある日、柘植桂子さんと新宿の紀伊國屋書店で待ち合わせをした。

「あなたが好きそうな話があるのよ」と誘われたからだ。

夫と会社を共同経営している彼女は、五十路の本好き。自宅は本が溢れかえっている。

だから待ち合わせ場所は書店が多い。先に来て何冊か物色出来るからだそうだ。

午後七時半、珍しくこちらが先に着いた。待っていると彼女がやって来る。

前に貸して貰った本を返しつつ、夕食に誘った。

「あまりお腹空いてないから、飲み物にしない？」

それなら仕方がない。近くにあったカフェに入った。

注文をし終えるとすぐ、彼女が話題を振ってくる。

「あのね、西郷札《さいごうさつ》、って知ってる？」

西郷札。

明治十年（一八七七年）、西南戦争中に西郷軍（薩軍）によって発行された軍票《ぐんぴょう》である。

軍票とは軍が戦地で出す通貨の代用手形を言う。

札と呼ばれるが布製の布札で、芯材として紙が入ったものだ。

漆で印刷されており、十円、五円、一円、五十銭、二十銭、十銭の六種が存在する。但し、信用は乏しく薩軍が負けると、当然ながらすぐに価値を失った。この煽りで没落した家もあったようだ。

札は明治政府により没収され、今はあまり残っていない。

通貨マニア・コレクターの間では割と高額で取引されているアイテムである。

「ほら、松本清張の短編でもあったじゃない。〈西郷札〉っていう作品」

柘植さんの指摘に記憶が蘇る。確かにあった。しかしそれがどうしたのだろう。

「松本清張とは無関係だけどね。私の知り合いに富山の人がいて」

その男性の実家にはどういう訳か西郷札があった。

いや、当初はそれが西郷札だと思わなかったらしい。

家の納戸にあった木箱の中に、油紙などで厳重に包まれた状態で保管されていた。

数は一枚。拾圓とある。薄黄色く見えるが、経年劣化のせいだろうか。

見た感じ珍しそうな物だったので、ネットで調べる。

似たものが見つかった。それが西郷札とあった。

模様や文字はほぼ同じ。ただ、色味が違うような気がする。

素人だから自信がない。歴史好きへ相談すると「多分、西郷札ではないか？」と頼りない答えを貰った。

再びネットを頼るが確証を得られない。

一体誰がどういう経緯で手に入れたのか、家族にはひとりとして知る者はなかった。

どちらにせよ高額アイテムだ。もし売れるなら売ってしまいたい。

近場の骨董店へ持ち込んでみると、店主は鼻で笑った。

「ああ、これ、レプリカを巧妙に古く見せた物ですねぇ。価値はないです」

持ち帰ってきたが、店主の馬鹿にした態度に腸《はらわた》が煮えくりかえりそうだ。

偽の西郷札を外へ持ち出し、庭で燃やした。

なかなか火が着かなかった上、燃え尽きるまでやけに時間が掛かった。

「ところがねぇ、その人の家、それからおかしいことが連発し始めたんだって」

玄関が開く音がしたので見てみれば、誰もいない。

ただ、ドアが開けっ放しになっている。

閉じて戻ろうとしたとき、背後でまた音がする。振り返ればまだ開いていた。外にも内にも誰もいないはずだ。誰がやったのか全く思い当たらなかった。

他には、トイレから唸り声が聞こえてきたことがある。

家族の誰かが苦しんでいるのだと声を掛けてみたが、返事がない。開けると無人だ。リビングへ戻ると全員がそこにいた。

別の時は、夜中、庭で電動ポンプの唸りのような音が聞こえた。

外を調べていると、赤い光の球がすーっと地上すれすれを飛んでいくのを目撃した。

球は握り拳大。信号機の赤に似た光だったが、中央だけ黒いマーブル状のものがあったように見えた。人が歩くくらいのスピードで飛ぶが、ときどき音を上げる。ポンプの唸りそっくりだったので、音の正体がそれだと分かった。

この赤い球は家族全員が目にしている。

他、細々としたことがあったが、極めつきはある日の夕暮れ時のことだ。

庭に見知らぬ若い男が入ってきた。

今風の服装で、少しやんちゃそうな風貌だった。

その男は庭の柿の木の根元に行く。注意しようとガラス戸を開け、口を開きかけた。

が、突然、男は自分の手首を噛み出した。

見る間に鮮血が迸る。

家族を呼び、警察へ連絡させながら男を止めた。

地面に押さえつけると、急に我に返ったような声を上げる。

「僕、どうしてこんなところに？」のような、本当にドラマや漫画のようなセリフだった。

結局、警察が引き取っていったが、後に当人が家に謝りに来た。

当日のことを彼は全く覚えておらず、この家のことは警察から聞いたようだ。

彼は深々と頭を下げた。

住んでいるのは隣の市で、何故この辺りを歩いていたのか、どんな理由であんなことをしたのか、何ひとつ理由が分からないのですと、言い訳にすらならないことを言う。

手首には傷が残っているのだろう。包帯などで痛々しかった。

これ以上関わりたくないこともあり、彼を赦す他ない。

連続する異様なことに、恐れおののきながら、であった。

「どうもね。偽の西郷札を燃やしてかららしいから、そこに何か関係しているのではないかなって、その人は言っていたよ。近々お祓いを受けるって」

この話を私に聞かせてよかったのかと訊ねると、当人許可済みと頷く。

「あ、でもね。その人と電話してるときだったんだよ」

携帯同士で会話していると、相手の背後が煩《うるさ》い。

雑踏というより、もっと大勢の人の犇《ひし》めき合いと言えばいいか。祭り会場ど真ん中のような雰囲気がある。とはいえ音楽やアナウンスのようなものが一切ない。

何処で電話をしているのだろう。このことを相手に伝えると、一瞬黙った。

『……今、僕は、家の中にひとりなんだけど』

その途端、背後の騒がしさは霧散した。

驚きの余り、思わず静かになったことを口走ってしまう。

二人はただただ絶句するほかなかった。

「それって、やっぱり、おかしいよね」

確かにそうだと思う。彼女の知り合いに何が起こっているのだろうか。

私にも彼女にも何も分からなかった。


この話を聞いてから半年が過ぎた頃、柘植さんから電話が入った。

『ちょっと、良くないことになっているかも知れない』

件の富山の知り合いと連絡がつかなくなっていた。

携帯、メールなどは返信なし。家電話は掛かるのだが、誰も出ない。留守番電話も何度か残したが、途中から切り替わらなくなる。それに当人に何かあったのなら、少なくとも家族から何らかのレスポンスがあるはずだ。が、それも一切ない。

仕事関係の知り合いではないので、勤め先も認識していない。

手紙を出しても梨の礫《つぶて》であった。

『こう言うのは厭だけど、これも、あの偽の西郷札が関係しているとか……？』

そこまで言ってから、彼女は『今のは忘れて。嘘、嘘』と慌てた声を上げた。


更に半年が過ぎた。

今も柘植さんの知り合いは行方知れずだ。

ただ一度だけ、知らない番号で彼女の携帯に着信が残されていたことがある。

番号は携帯、国内、海外どれにも該当しない。電話番号として成り立っているのかも不明だ。留守番電話が入っているので、再生してみた。

〈まってる〉

相手はこのひと言だけ発し、すぐに切っている。

若い女性だった。知り合いの誰にも似ていない声だった。
着信履歴にあった番号に掛けてみたが、何処にもつながらなかった。

第二章

昭和〜平成

執着

楽しくひとりランチを食べていると、副島理沙さんから連絡が入った。
『午後三時くらいに、池袋まで来られます？』
スケジュールを見ると、ぽかんとそこだけ空いていたので、大丈夫だと返した。
午後二時五〇分。池袋駅構内のチェーンのコーヒースタンドへ。
彼女は先に来て、何かを飲んでいた。
「早めに着きました。この前のこと、確認できましたよ。大丈夫です、って」
彼女が他の人から聞いた〈ある話〉を、私に話して良いか本人に確認して貰ったのだ。
私は席に着くなり、先を促した。

彼女が営業で訪れる店がある。
個人経営であり、お婆さんひとりで切り盛りをしている所だ。

次第に仲良くなり、雑談を交わすことも多くなっていく。

その内、プライベートでも付き合いが始まり、偶に外で食事をすることもあった。

このお婆さんは基本的に明るい性格で、楽しい話題が多い。

しかし、ある日突然ポツリとこんな言葉を漏らした。

「自分の夫が死んだところを見た。二度見た」

突拍子もない内容に、彼女は目を丸くする。

「副島さん、私の話、ちょっと聞いてよ」

頷くと、堰を切ったように話し始めた。


昭和四十九年、お婆さんはある家に嫁いだ。二十歳のことだった。

見合い結婚で、嫁いだ相手は十歳年上。ある程度の資産を持っている。

だが、夫が突然散財をし始め、一気に家が傾いたという。

理由は、骨董趣味。

陶器、書画など、気に入ったら相手の言い値で買っていた、らしい。

そのような購入を繰り返せば、資金はあっという間に底を突く。

それでも集めた骨董は手放さない。

遂には借金を重ねてしまい、持っていた土地や建物を手放すことになった。

当然の結果であった。

ところが骨董好きの夫が突如、自死した。

夏の午後、お婆さんが息子と用事を済ませて家に戻ると、いつもと違う感覚を覚えた。

何がどうだということではなく、単におかしい、変だ、と感じたに過ぎない。

いるはずの夫に帰宅を告げながら廊下を歩くが、返事がない。

居間、仏間と見ていく。いない。夫の自室の襖を開けた。

夫が仰向けに倒れていた。

暴れたような痕跡があり、吐瀉物に塗《まみ》れている。

その顔は悪鬼が如き形相だった。

気が動転し、固まってしまう。だが、子供の泣き声で我に返った。息子は異様な状況を察知してしまったのだろう。抱き寄せながら、周囲を見渡した。

近くにはコーラの空き缶とコップが落ちている。

一瞬、あの〈青酸コーラ無差別殺人事件〉を思い出す。

すぐに救急へ連絡したが、夫の死亡が確認された。

農薬、パラコートによる自殺。

コーラに混ぜて、一気に飲み干したのではないかと言う所見だった。

残された遺書には死を選んだ理由と、遺言というのには身勝手な言伝があった。

〈急に生きることが厭になった。妻も子供も足枷だった。だから死を選ぶ〉

〈気懸かりは集めた骨董だ。絶対に売るな〉

同じセリフを死の前日まで口にしていたことを思い出す。

「もし俺が死んでも、骨董を売るな。あれは俺のものだ」

生活に窮していてもだ、と何度も念を押された。

ああ、あれは次の日に死ぬつもりだったからか、とお婆さんは気付くと同時に、夫への失望で涙も出なくなった。

気落ちする中、葬儀の弔問客の何人からか、こんな話を聞かされる。

〈亡くなった方をこう言うのはなんだけれど、骨董への執着が顔に出ていた。金がないなら売ればいいのにと助言しただけで激怒される。その顔は餓鬼か鬼かと思った〉

誰しも夫の行動を良く思っていなかったことが窺える。

死んでよかったという者もいたというから推して知るべしだろう。

葬儀を出して数ヶ月が過ぎ、漸《よう》く落ち着いた頃だった。

火事が起こった。
自宅の横にあるコンクリート製の倉庫が燃えたのだ。
そこには夫の骨董が納められている。
気がついたのは、夜中。突然漂った焦げ臭さで気がついた。
家の中に異常はない。外へ出ると、倉庫の扉が開いている。
そこから流れ出る煙と、中で踊り狂う炎が視界に入った。
いや、それだけではない。
炎の中心に立つ、夫の姿があった。
熱くて近づけないのに、まるで夫が目の前に居るように細部までハッキリ見える。
夫はこちらを見つめていた。その表情は鬼のようでとても醜悪だ。
口をぱくぱく動かしているが、声は聞こえない。
夫が両腕を大きく広げた。
〈この骨董は、俺のものだ〉そう言っているように思える。
呆然と見つめるうち、夫は足下から焼かれていった。
衣服が燃え落ち、肉が爆ぜ、骨が見える。
周囲の炎が更に大きく燃え上がった瞬間、耳に絶叫が届いた。

夫の断末魔だと、理解できた。

近所の人が通報したのだろうか。消防が来たお陰で、延焼は免れた。

ただ、骨董は全て灰となった。

そして、お婆さんは夫が死んだところを二度、見てしまった。


「なんだか悲しい話だなぁって思いますよね」

副島さんが暗い顔になる。

少し話題を変えながら、私はそのお婆さんと直接話せないか訊いてみた。

「今、電話で聞いてみますね」

来週、副島さんとお婆さんに会うことが決まった。


当日の午後三時、お婆さんが住む近くの駅で待ち合わせた。

副島さんに連れられ現れたのは、想像と違う姿だった。

背は高めでスマート。今年七十歳には全く見えない。

長めの髪は後ろで纏め、カラーが入っている。服装は落ち着いた色をしたツーピースのスーツだ。高めのヒールで颯爽と歩いている。

挨拶を済ませ、近くにあるカフェに入る。

「副島さんから話は聞いています」

珈琲が届く前に、ことのあらましの再確認が始まった。

「実は、火事の起こった日の翌日、倉庫の骨董を売りに出す計画があって」

お婆さんは続ける。

「こう言っては夫に悪いけれど、〈死んだ者より、生きている者の生活が大事〉だから。骨董を売りに出せば、子供の生活費、教育費に充てられるでしょう？」

しかし、全てが燃えてしまった。

「夫が燃やしに帰ってきたんだと思います。売られるくらいなら、燃やしてしまえ、と」

お婆さんは薄く笑っていた。

「酷い話ですよね。死んだところを二度も見せて、そして何も遺さない」

その後、苦労してひとり息子を大学まで出し、今は独り暮らしだそうだ。

息子さんは結婚し、すでに大きな子供が二人いる。お婆さんにとっての孫だ。

「実はね、火事の夜のこと、息子から聞いたことがあるんですよ」

その夜、息子は夢を見ていた。

大人の男性が炎に包まれ、焼け死ぬ夢だ。

角こそないが、まん丸い目と裂けたような大きな口に、これは鬼だと思った。

鬼は焼け死ぬ瞬間、恐ろしい叫び声を上げる。

息子は怖くて目を覚ましたが、外がとても騒がしいことに気がついた。

自分の家の倉庫が火事になっていたのだ。

「息子が見た夢は、私が見た夫の姿に似ています。少し鳥肌が立ちました。でも、それが父親だったと、あの子は一度も言うことはありませんでしたけれど」

話の最後、お婆さんは私にこんなことを言った。

「今、夫の位牌は適当に扱っていますよ。本当なら要らないんだけど、昔から引き取り手がいないから。だから仕方なく御世話しているの。本当に適当に」

梅花

野口春香さんの実家には、一本の梅の木がある。

樹齢はすでに分からなくなった。

「第二次世界大戦前から植わっていたことは確かですね。そう聞いたので」

彼女がスマートフォンの画面をこちらに向ける。

向かって右側に曲がった幹。そこから上下左右に伸びた枝には白い花がぽちぽちと咲き誇っている。

もう一枚見せて貰ったが、そこには梅の木に寄り添う、晴れ着姿の彼女が笑っていた。

成人式のときであり、数年前の写真だそうだ。

「私の実家の歴史を見守ってきた梅です」

この梅にまつわる話を聞かせて貰った。

野口家は明治から続く商家であった。

ところが戦後の混乱で様々な物を失い、あっという間に没落した。

残ったのは梅の木がある家屋と土地だけで、これもやっとのことで守った物だ。

戦争が終わった時期、財産や土地を非合法に奪われる事例が多かったらしい。

野口家は一家総出で働き、何とか命脈を保ってきたのだ。

毎年咲く梅の花に癒やされながら。


この梅の木には様々なエピソードがある。

まずは戦時中だろうか。

当時、空襲警報が鳴ると防空壕へ入るようになっていた。

野口家は自宅の裏手に壕を掘った。

家族七人全員が入っても少し余裕があるくらいの広さである。

防空壕に関して、祖母がよくこんなことを言っていた。

〈それでも狭いし、天井は低いし、湿気もある。厭な思い出しかない〉

〈中に入っとると、上の方からゴウウン、ゴウウンという気持ちの悪い音が響いて来る。エンジンやプロペラの音なんやろうけど、兎に角怖かった〉

〈慣れてくると余裕も出てくるが、それでもやはり厭なもんは厭やったわ〉

避難の頻度が多くなってきた頃だと言う。

良く晴れた午前中、また空襲警報が鳴った。

その日の警報はいつもより始まりが遅かったのだろうか。遠い空にポツンと黒い点がいくつか見えた。そして、あのゴウウン、ゴウウンという音が近づいてくる。

家にいた全員が防空壕へ飛びこんだ。

その日は五人しかおらず、残りの二人は出掛けていた。

目を閉じ、耳を塞いでいても爆撃音と衝撃、振動は身体全体で感じる。

(ああ、今日はもしかすると、家の真上が爆撃されるかも知れない)

全員が覚悟を決めたときだった。

一瞬、全ての音と振動が消えた。

その時、目を開けた家族がひとりいる。

「五人しかおらんはずの壕の中に、あと、二人いた。でもそれが誰なのか分からん。だって、人の形をした白いもんだったから。ああ、これは普通のもんやないな、って」

白い人影はすぐに消えてしまった。それと同時に爆撃機の音と爆撃の振動が戻ってくる。

延々、壕の中で堪え忍んだ。どれくらい経ったか。音が止み、漸く外に出られるようになった。

周りを確かめると、各所に被害が及んでいるようだ。しかし、野口家を中心として、数軒の家は全く無傷だった。

ふと庭の梅の木を見た。

二本の枝から薄く煙が上がっている。

近づいてみると、先端が焼け焦げていた。何かで炙られたような感じだ。

家族を呼ぶとそれぞれが「上から落ちてきた爆弾で焦げた？」「いや、誰かが燃やしたんじゃないか？」と首を傾げる。

誰かが手で触れようとすると、枝たちは音もなく折れ、地面に落ちた。

「ああ、これは壕におった、白いヤツらだったんだろう。うちを護ってくれたんや」

落ちた枝二つ、防空壕の脇に埋めて、皆で手を合わせた。


これは戦後の話だ。

野口家から出征した人物が二人いた。

兄と弟だった。

後から戦地に赴いた弟は戦死し、戦地から何も戻ってこなかった。

先に出た兄は生きて帰ってきて、彼女の曽祖父となったのである。

曽祖父が戻ってきた日のことを、祖母は良く覚えている。

「その日は朝からそわそわして。何気なく庭を見たら、梅の花が二輪、ぽちりと咲いている。季節外れの時期よ。狂い咲きだって驚いた」

梅の花が咲いた咲いたと家族を呼ぶと同時に、玄関辺りが騒がしくなった。

曽祖父が戻ってきたのだ。

家を出て行く前と比べてとても酷い身形だったが、無事戻ってきたことに皆喜んだ。

風呂に入れ、着替えさせてから、精一杯の美味しい物を食べさせる。

曽祖父は言葉少なに口に運んでいたが、途中で箸を置いた。

我が子である祖母を抱き寄せ、膝に乗せる。

「少し見らんうちに、大きくなった。子供は、見とらんと、本当にすぐ大きくなる」

こう言って、笑った。

その夜だった。

寝ようとしているとき、曽祖父がじっと庭を見つめ、そして口を開いた。

「アイツが戻ってきたぞ」

皆、庭へ視線を向けた。

梅の木の所に、小さい光がひとつ、舞い飛んでいた。

蛍だと思ったが、どうも違う。

季節が違う上、色味が薄紅色だった。

その発光体が家の方へ向けて飛んでくる。

もう少しで手が届きそうなとき、ふうーっと天空へ向けて一直線に飛び去った。

「あれは、弟だった」

曽祖父が話し出す。

「俺が出るとき、弟に話したことがある。〈もし、死んだら、うちの梅の木を目印に戻ってこい。俺も死んだら梅の木を目指すから〉と。そして俺は生き残った。アイツは……約束を守った」

家族は皆、泣きながら梅の木と天に向かって手を合わせた。

翌日、梅の木に咲いていた二輪の内、一輪が下に落ちていた。萎むことなく、咲いていたままの姿で。


そして高度経済成長期を過ぎ、第一次オイルショックを迎えた頃だ。

この頃、トイレットペーパーなど買い占める光景がよく見られた。

また、どこもかしこも省エネルギーの影響があったと思う。

野口家でも何かと節約を心がけるようになっていた。

そのような折、ある休日の午後だ。

誰かが玄関を叩く音が聞こえた。

祖母が出ると、ひとりの中年男性が立っている。

三つ揃いの背広に、杖を手に持っていた。髪は白髪が混ざっているが、七三に分けられ、綺麗に整えられている。

これまで見たことがない相手なので、祖母は家族の知り合いだと判断した。

「あの、どちら様で？　うちの誰のお知り合いでしょうか？」

「いえ、誰も知りません」

優しげな顔のその人は深々と頭を下げる。

「申し訳ない。お米を一合、下さい」

突然の申し出もだが、外見から予想出来ない内容に驚いた。

一合とはいえ、家族のための米だ。節約中でもある。おいそれと渡していいものか。そもそも知らない人物に、である。

兎も角、理由を訊くことにした。

「あの、どうしてお米を一合、御入り用なのですか？」

「ああ、神様におむすびを渡したいのです」

浮き世離れした答えに、面喰らう。

男性が言うには「この家からお米を貰って、それを炊き、おむすびにし、○○の神様に渡せとお告げがあった」らしい。
○○の神様の○○はよく聞き取れない。聞き慣れない名前だった。
よく分からないが、祖母は渡しても良いような気持ちになった。

男性が差し出す布の小袋を預かり、台所へ行った。米を一合、そこへ更に少しだけ多めに足してから口を閉める。玄関で待つ男に渡した。

「ありがとうございます。助かります」

再び深々と頭を下げた。

玄関を出るときだったか。男性が何か思い出したかのように立ち止まり、振り返った。

「このお礼は必ず〈来ます〉。だから待っていて下さい」

お礼が必ず来ます？　言い回しがおかしい。男性がお礼に来るのだろうか。聞き返すのも失礼かと悩んでいると、彼はもうひと言続けた。

「あと、お庭の梅ですが、大事にして下さいね。あの梅は護り神です」

男性はまた礼をすると、戸を閉めて、その場を去って行った。

この出来事を家族に話すと、皆「ああいいことをしたかもね」「梅は護り神っていうのは、分かる気がする」と喜んだ。

それからひと月も経たない内に、野口家に大量の米が届いた。

ただし、それはあの男性からではない。

様々な人たちから、送られてきた物だった。偶然とはいえ、あの男性が言っていた「このお礼は必ず〈来ます〉」は、このことだったように思えた。

情けは人のためならず、だねと、皆喜んだ。


平成に入って二十五年ほど経った頃のことだった。

隣家の母親がやって来たので、野口さんが対応する。

隣家は現在、父母と社会人の娘さんの三人暮らしであり、俗に言う核家族である。空き地だった場所に家を建て、引っ越してきたのは十年ほど前だ。

娘さんは野口さんより少し年上だったので、相手が小学生の時にはよく遊んでいた。その後、年齢を重ねる内に没交渉になり、今では顔を合わせたら挨拶をするくらいだった。

「あの、済みません。お庭の梅の枝を、三本ほど頂けませんか?」

隣家の母親から、突然の申し出だ。

「自分の一存ではなんとも言えないですね」

相手は少しガッカリした様子だった。

「何故、枝が必要なのですか？　いけばなとか？　でも今、梅は咲いていませんよ？」

「いえ、ちょっと……」

明らかに口ごもっている。そこへ母親がやって来た。やり取りを説明すると、「別にいいんじゃない？　枝でしょう？」と軽い様子で言う。

隣家の母親は一瞬明るい表情になったが、何か気になる。

「理由だけ訊かせて下さい」

少し追求するようなトーンで訊ねる。

相手は伏し目がちに、途切れ途切れに話し始めた。

「うちの娘が体調悪くて」「それで病院に行くけれど治らない」「大学病院の紹介状を持っていったが、原因が不明」

確かに最近、隣の娘さんの姿を見ていない。とはいえ、どれも枝が欲しい理由につながらなかった。相手もそれを察したのだろう。これまでと違い、真っ直ぐにこちらを向いて口を開いた。

「うちにおかしなモノが出るようになって、娘と霊能者と呼ばれる人の元へ行った。そうしたら〈お隣に護りになる梅の木があるから、三本ほど枝を貰って、玄関とリビング、娘の部屋へ一本ずつ置きなさい。それで大丈夫〉と言われた」

予想外だった。

母親が隣家の母親をリビングへ上げ、更に話を聞いた。

「出てくるおかしなものは幽霊で女。私も見た」

家の玄関とリビング、娘の部屋に出る。

今風のファッションで若い女性だが、やけに目が吊り上がり、口も大きい。顔全体のバランスで言えば人形みたいな感じで、そこが気持ち悪い。

また、何度目かの遭遇の時に気がついたが、足首が墨を塗ったように真っ黒で、細部が見えない……。

「でしたら、枝を三本、持っていって下さい」

母親が立ち上がった。

「長さは？」

「……二〇センチくらいあれば」

母親は庭に出るとさっと枝を切り、新聞紙に包み、相手に渡した。

感謝しながら帰って行く隣家の母親を見送りながら、彼女は訊く。

「お母さん、決断早かったね」

母親は笑って答えた。

「うん。うちの梅って、ずっと家族を見てきた護り神でしょ。なんだか、渡した方がいいかなぁって。霊能者の人も壺とか水晶とか売りつけるタイプじゃないっぽいから、信用できると思ってね」

「でも、その霊能者ってどうしてうちの梅のこと知っているんだろうね？」

当然の疑問を母親に投げかけると、驚いた顔に変わった。

「あ！　そうだね！　どうしてだろう？　今度、お隣さんに訊いてみようか」

それがいいねと、その日は終わった。


後日、隣の母親がお礼と梅の枝を持ってきた。

「ありがとうございます。おかげでいろいろ収まりました。娘も快方に向かっています。枝ももう大丈夫だと思うので、お返し致します」

もちろん枝は枯れた状態だ。一度渡したのだからと固辞しても押しつけてくる。

仕方なく受け取りながら、ふと思い出す。

「あ。そう言えば、その霊能者さんって、どうしてうちの梅を、って言ったんですか？　それって、霊能力で見えた、とかですか？」

隣家の母親はハッとする。

「そうですよね。……確かに。その時はあまり何も考えていませんでした。来月、娘が退院したら一緒にお礼に行くのでその時、訊いてみます。またお教えしますね」

約束をして戻っていった——だが、その約束は守られなかった。

退院して家に戻った娘が亡くなったからだ。

突然死のようなことを隣家の母親は言っているが、実際は自殺だったらしい。

娘を失った隣の家は、程なくして何処かへ引っ越していった。

残された家屋は不動産会社の管理となり、借家となったようだ。

しかし入居者がすぐに入れ替わる。そして今は誰も住んでいない。

隣家にあげた三本の枝について、野口さんの母親がこんな話をしたことがある。

「護り神の梅の枝、うちに返したでしょ？　まだ、返すのが早かったんだよ。きっと」

戻された枝は、あの防空壕があった裏庭に埋めてある。

防空壕そのものはすでに埋められており、すでにない。

彼女が何かを思い出したような口調になる。

「あ。そうだ。どうしてか、戦後からうちの家って女の子しか生まれなくて」

結局、婿養子を取って野口家を存続させている。

「私もひとりっ子で、娘ですしね。行く行くは婿養子に来てくれる人を探さないといけないかも。いい人がいないかなぁ。でも、今言われているんですよ。〈あなたは梅に頼んででも男の子を産め！〉って。酷くないですか？　これ」

そう言って、花が綻ぶように笑った。

梅は今も野口家の庭で、時期が来ると白い花を咲かせ続けている。

山中

親から聞いただけの話ですと、守本真央さんは念押しする。

彼女は現在二十九歳。専門学校で得た資格を元に、小さな会社で副社長をしている。

「地元はホントに田舎ですよ。両親は今もそこに住んでいます」

普段はキリッとしているが、笑うと柔らかい顔に変わる。

「とりあえず、私の知っていることだけをお教えします」

笑顔から真顔に戻った彼女は、メモ帳を取り出した。


彼女の実家は自然豊かな地域にある。

昭和の時代はそれなりに人口も多かった町で、戦後の高度経済成長期には加工場や工場が建ち、外部からたくさんの人間が流入してきたからである。

戦争の爪痕が消えた「もはや戦後ではない」の頃には、少ないながらも海外からこの土地へやって来た人々もいたという。が、異分子扱いされることも多く、すぐにいなくなるのも珍しいことではなかった。

しかし、中には異様な風体で長く住みつく者もいたようだ。

白人だと思われるが、日に焼けているせいか赤黒い肌をしている。

身長は当時の日本人より高いくらいで、そこまで長身ではない。細い体躯は十分な栄養を取れていないからだろうか。猫背なのに下腹が少し突き出ていた。

洗っていない様子の絡み合った長い髪と、垢と泥で汚れきっている顔のせいでどのような風貌なのか分からない。若いのか、中年なのかも判別出来ないのだ。

格好は灰色の長袖シャツと長ズボン。足下は革靴のようだが、ボロボロだった。

近寄るとかなり臭う。日本人の体臭とは根本的に違う臭いだ。

街外れの小屋に無断で住み着き、朝は日の出と共に外を歩き、日が暮れると戻って寝るような生活であった。川の水を飲み、山や道端の草や木の実などの植物を食べているのを見た者が多かったから、菜食主義者なのかも知れない。少なくとも、肉を口にする姿は誰も目にしたことがなかったのだ。

加えて言葉を発さない。唸ることはあるくらいで、どうも喋れないようだった。

この外国人を町の人々は書けないような差別用語で呼んでいた。

それは異物として存在を卑下すると同時に、注意すべき相手であることを意味している。

この外国人が突然暴れ出すことがままあったからだ。

理由は誰も知らない。何の脈絡もなく、乱暴狼藉を働く。

数名の男性が、後遺症が残るような怪我をさせられた、や、傷物にされた少女が自ら死を選んだ、などの噂もあった。真実なのか流言飛語なのかハッキリしない類の噂だった。

当然怯え出す住民も増えていく。

「懲らしめなくてはならないな」

血気盛んな若者たちが数名、義憤に駆られて行動を起こした。

夕暮れ時、件の外国人を連れた若者の集団が山へ入って行ったのだ。

実際に目撃した人はこんなことを言い残している。

〈真っ赤な夕日に染められた連中が、外国人を引っ立てるように、暗くなっていく山へ分け入っていった。若者たちの手には角材やシャベル、フォーク等が握られていた〉

その日を境に、その外国人の姿を二度と見ることはなくなった。

「アイツら、アレを処分したんじゃないか？」

「捕まるんじゃないか」

人々は口々に話し合ったが、当の若者たちはそれを否定する。

「きちんと話し合って、帰って貰った」

「今ごろ、自分の故郷で暮らしているだろう」

誰も追求することなく、次第に「前におかしな外国人がいたな」で終わるようになった。


ところが、外国人と山へ入った若者たちが次から次へと命を絶った。

首吊り、高い橋からの飛び降り、服毒死……様々な方法である。

共通するのは、死する前日の夜中、彼らが寝言で叫ぶ言葉だった。

「○○○○！」

「俺が悪かった！」

あの外国人を指す、差別用語と後悔の言葉だった。

これ以上の詳細はない。化けて出たという話も聞かない。

ただ、他の目撃譚がある。

外国人と若者たちが入った山で、おかしな者が徘徊しているというのだ。

中腹辺り、薄暗い林の中、外国人の女性がふわりふわりと歩いている。

薄茶色の髪に、日に焼けたような赤い肌。痩せていて、少し背が高い。

人がいない山の中、定まらない視線で歩く外国人の姿が突然目に飛びこんでくれば、誰でも驚く。女性だと言うことがそれを余計に助長する。

呆気に取られていると、外国人は突然地面で膝を抱え、肩を震わせ始めた。

何事かと見守っていると、そのまま色が薄くなり、靄のように霧散するのだ。

「あれは、この世の者ではない。でも、何故あそこにあんなものが出るのだ？」

誰にも答えられなかった。

この女性はいつしか出なくなったという。


後年、問題の山中で一部が不自然にへこんでいる場所を見つけた者たちがいる。

山仕事を生業とする若い男性二人だ。

何かが埋まっているのだろうかと、草を払い、土を掘っていった。硬く締まった層と、予想外に柔らかい層がある。何度か埋め戻しされた痕跡だろうかと思った。

大人の膝くらいの深さまで掘ると、腐食したブリキのトタン板が出て来た。穴だらけだが、少なくとも畳一畳分はある。

丁寧にトタンを取り除き、更に掘ったが、柔らかく黄色い土があるだけでそれ以外は何も出てこなかった。

仕方なく埋め戻し、上から何度も踏み固めて元へ戻す。

骨折り損のくたびれ儲けとはこのことだと、彼らは友人知人に笑い話として聞かせた。

が、ひと月待たずに、そこを掘った者二人が橋から落ち、死んだ。

事故だと処理されたが、周りの皆が首を捻るような死に方だった。

橋はあの若者たちの連続自死の時に使われたものだ。

それ以前から落下事故が何度かあったのだが、投身自殺以降、自殺者が増えたので新たに柵を設けた。腰より少し高い欄干と二重構えの構造である。

それなのに、二人は橋から落ちた。

不自然きわまりない事故だった。


「これが、私の聞いた話です」

守本さんが一息つく。

疑問が多く残る。特に、山へ連れて行かれた外国人と、山の中に出た外国人のことだ。

関連性はあるのだろうか。

「そこまでは知りません。ただ、当時を知っている祖父母から私の両親が聞いた内容を、そのままお話しただけですから」

彼女は再びメモを指さした。

箇条書きされた話の内容と、簡素な地図がある。

町の構造と問題の山、橋との位置関係が一目で分かるものだ。

密集した繁華街と周辺の住宅地。そこを外れると特に何もない。

山は町の東側にあった。西側に高い山はない。日が沈む時、山の斜面が夕日に染められる姿が容易に想像できる。

山の麓と橋、他に幾つか小さなバツが書かれていた。

「これは、〈外国人と山に入った人たち〉が死んだところです」

法則性はないが、何となく麓の部分が気になる。何か情報はないのだろうか。

「……ない、ですね。両親は〈山に入れない訳があって、どうしても登れず、下の方で死んでしまったんじゃないか?〉って言っていましたけれど」

ただの予想で、真実かどうかは判断つきかねると彼女は苦笑いを浮かべた。

守本さんの実家がある町は、今は若者たちが都会へ出てしまうので、過疎地域となった。

いつか、朽ち果ててしまうだろうと彼女は苦笑する。

「その前に、両親を東京へ呼びます。お墓も移そうかな、って」

私は、あそこには帰りたくないですから、と話を締めた。

山荘

新宿で大沼千恵子さんとお酒を呑んだ。

彼女は少し酔いが回ったのか、いつもより少し饒舌だった。

「私が生まれる少し前に、あさま山荘事件って、あったじゃない？」

あさま山荘事件。

昭和四十七年二月十九日から二十八日にかけて起こった籠城事件のことだ。

テロ組織・連合赤軍のメンバー五名が山荘の管理人の妻を人質に取り、立てこもった。

連日の中継で山荘の様子が逐一国民に届けられた事件でもある。

「あれさァ、うちの両親がいつも言うわけ。〈生中継でなぁ、凄かったぞ〉って」

当時のことを語る資料によれば、とんでもない視聴率を叩きだしたらしい。

窓枠越しの犯人や壁を破壊する鉄球、カップラーメンを食べる警察官など、当時の映像は今もテレビやネットで見ることができる。

「当時、うちのお祖父ちゃんも山に別荘持っていたわけ。そのことがあったから、テレビ見ながら〈うちの山荘も誰かが立てこもっていないか〉って笑い話にしてたみたい」

そう。彼女の実家は割と資産家だそうだ。

その山荘は、いまどうしているのだろうか。

「……ああー。あのね」


大沼さんの祖父が建てた山荘は、東京より少し離れた場所にある。

建屋そのものは豪華であったが、車がないと行けないような立地だ。

周囲には他の建物がないので、大騒ぎをしてもよいこと。そして三十分も車で走ればゴルフ場があること。この二つが利点である。

二階建てで、一階は広く、ラウンジのような部屋すらあった。

二階は寝室が四つほど用意されており、一家以外の来客にも対応できる。

夏は避暑地として、冬は暮れと正月の楽しみとして使っていた。

他の季節も何かと祖父が仕事関係の人を呼び、利用していたようだ。

年数が経つと満足しない部分が出てくるので、よく改装や改築もされた。

ところが、ある冬のことだった。

彼女が小学五年生くらいの頃、祖父が電話を掛けてきた。

『今年の大晦日と正月は、山荘に行かない』

聞けば、山荘の鍵が分解され、不法侵入した跡があった。だから鍵の付け替えやその他の対策を練るため、業者を入れることになったと言う。

『物は盗られていないし、何かが壊された訳ではないが』

祖父が言うには、泥棒や強盗には、事前に調べた家へ再度やって来る者もいる。部屋の構造や人の動線などを理解した上で、次回じっくりと侵入する手法もあるのだ、と。

『それか、人がいない山荘をねぐらにしているルンペンかも知れない。どちらにしても鉢合わせしたら駄目だ。だから今回は見送ろう』

そういう事情なら仕方がないねと、山荘へ行くのを断念した。


それから半年以上が過ぎ、夏を迎える。

祖父は山荘の使用を再開した。が、最初は家族ではなく、仕事関連の人たちを招いた。

涼しい場所で昼間はゴルフ、昼寝をしたら、夜は麻雀の予定である。

ゴルフは朝涼しいうちにラウンドするので早起き。麻雀も夜遅くまで掛かる。

全員で七名。だから泥棒や強盗が侵入する暇もないだろうし、人数が多いから這入る気も起きないだろうし、と笑っていた。

――その数週間後、祖父が訪ねてくる。

表情が暗い。

仕事関係の人たちと山荘を使ったときの出来事が原因だった。


初日、祖父たちは山荘の空気を入れ換える。

特に不審な点がなく、安心する。

買ってきた食材や料理、酒類を仕舞い、明日からのゴルフの話で持ちきりとなった。

日が暮れたので、刺身盛りなどの酒肴を並べ、酒宴となった。

ただし、翌日のことを考えて深酒はしないようにした。

その時、誰かがトイレから飛んで帰ってきた。

「おい、トイレの外に誰かいる」

小用を足していると、顔の高さにある磨りガラスの窓に影が差す。

何かが覗き込んでいる、そんな様子だ。

そんな馬鹿な、こんな山の中に誰かがいる訳がない。だが、鍵騒動があったことを思い出す。泥棒ではないかと全員で見に行った。

トイレの窓を見ても影はなく、数名で外も調べたが人の気配は感じられない。
そこで実験を試みた。
トイレに立って、外から窓に近づいて貰ったのだ。
確かに窓に人の影は差した。しかし、実際見た人物が叫んだ。
「こういうのじゃない！　もっと真っ黒で、矢鱈と頭が大きくて、こんな風に」
そこでぴたりと騒ぐのを止める。何か思う所があるようだ。
誰かが窓を開けた。外に仲間がいる。その後ろは林が広がっていた。
「ここは山の中だ。熊とか？」
軽口を叩きながら、全員が思ったことは「ここに熊はいない」ということだった。
その後、軽く飲み直しをし、早めに寝た。
翌日、ゴルフを済ませ戻ってくると、山荘内が煙っている。
すわ、火事か！　と踏み込めば、すうっと煙は消えた。
考えてみれば、煙たくもないし、臭いもない。
灰皿から台所まで火の気がありそうな場所全てを調べたが、何もなかった。
昼寝をし、早めの夕食を摂りながら酒を呑んだ。
軽く酔いが回った頃、麻雀を始める。

数局を打ち終えて、そろそろこれが最後だと言い始めたときだった。
「おい！　邪魔するなよ！」
卓を囲むひとりが笑いながら後ろを振り返った。
そこには誰もいない。残りの三人は少し離れたところで酒をやっていた。
振り返った人物が真っ青な顔になる。
「今、後ろからすーって腕が伸びてきて、俺の牌を取ろうと」
誰もそんなことをしていない。そもそも、彼の後ろには誰もいない。
その夜も早々に床へ入った。
翌日もゴルフ、昼寝、夕食後に麻雀のコースだ。
特に変わったこともなく、口には出さないが、全員が安心していたと思う。
夜も更け、さあ寝るかと二階へ上がる。
祖父はひと部屋をひとりで、客は残りの三部屋を二人ずつ使う。
眠気が来ないので、祖父は部屋の明かりを点けたまま読書をした。
どれくらい読んだか。時計を見ると午前十二時前。
そのとき、階下から誰かが上がってくる足音が聞こえた。
トイレは一階にしかないから、誰かが使って戻ってきたのだろうと考える。

しかし、もうひとつ気付いていた。
(行くときの足音も気配もなかった)
外は木製の廊下であり、人が歩くと軋み音やある程度の振動が伝わってくる。
意識していなくても、誰かが部屋から出たら分かる。
それが全くなかった。
では、下から上がってきたのは泥棒だろうか。
身構えていると、足音はすーっと一番奥の方へ進む。
一度止まったかと思うと、また動き出す。
全部の部屋の前で様子を覗っているようだ。
(やはり泥棒か!)
部屋には以前使っていたゴルフクラブが数本ある。祖父は足を忍ばせ、それを掴む。
ドアを薄く開け、外を確かめようとした。
思わず息を飲んだ。
すぐ傍に誰かがいる。そして、こちらの方を見ている。
隙間から眼球がひとつ覗いている。そしてそれは確実に祖父の姿を捉えていた。
背が高い。仲間の誰よりも、自分よりも。

もう、閉められない。

こうなったら先手必勝だとドアを大きく開いて、クラブを振り下ろそうとした。

が、誰もいなかった。

呆然としていると、他の部屋から全員が出てくる。

「どうした!?」

「何かおかしな足音が聞こえたよな?」

今し方起こったことを説明した後、皆の話も聞いた。

全員が部屋の中で怪しい気配を感じ取っていた。

「じゃあ、アレは一体?」

祖父はふと思い出す。

背が高く、眼球があったことは確認した。だが、その姿が分からない。

暗い廊下とはいえ、部屋の中から漏れ出した光で照らされるはずだ。

それなのに、相手は眼球以外が真っ黒だった。

「だから、翌日は予定を変更して皆で帰ったよ」

山荘で起こったことは俄には信じ難い。しかし目の当たりにしてしまった。

これはただ事ではない。

数週間悩み、山荘を手放すか、解体して建て直すかの相談に来たのだと祖父は苦い顔だ。

「これまでこんなことはなかったはずだよね？」

父親が祖父に確かめると、無言で頷く。

お祓いしてみてはと母親が口を挟むが、祖父的にはすでにケチがついた山荘であり、売るか綺麗さっぱり建家を変えるかの二択しか考えていないようだった。

「なら、取り壊して、更に整地してもう少し建屋を広げよう」

父親が祖父に進言する。

「そうだな。それがいいかもしれない」

祖父は漸く明るい顔になった。


ところが二ヶ月程過ぎた辺りだ。

山荘が取り壊される時期だったと思う。

祖父と父親が何やら深刻な顔で相談を始めた。

結果、山荘は取り壊したまま、土地も手放すことになった。

代わりに、もう少し東京に近い場所で別荘を建てると聞いた。

新しい別荘だと大沼さんは喜んだが、何故そんなことになったのかは知らなかった。

「でね、私が大人になってから、父親に改めて訊いたの」

あの山荘って、どうして手放したの？　建て替えするんじゃなかったの？　と。

父親は一瞬言葉に詰まった。少し何かを考えてから、口を開く。

「山荘な、あれはちょっと拙かったんだ」

建て替えを決め、すぐに業者へ見積もりを出させた。

一度建屋を解体し、その後、土地を整地してから建築を始めるという流れである。

ところが、解体業者から祖父の元へ電話が入った。

『あの、ちょっと行程的に遅れが生じます』

訳を訊くと、作業員が次から次に怪我をする。だから慣例に基づき、改めてお祓いをしてから作業を再開するので、予想された工期を数日オーバーするという。

数日ならいいかと祖父は了承したが、業者はまだ何か言いたそうだ。

『出来れば、お客様にも同席して頂きたいのですが』

地鎮祭なら納得だが、解体でこんな話は初めて聞く。

断ろうとするが、やけにしつこいので仕方なく言い分を聞いてやることにした。

お祓い当日、決められた時間に着くように出発したが、何かがおかしい。

見知った道なのに迷う。そして生まれて初めて車酔いをした。

道端に停め、胃の中身を吐き出してしまったが、どうしたことか真っ黒い液体だった。

予定時間より大幅に遅れて到着すると、皆が待っている。

神主によるお祓いが始まると、祖父は酷い目眩に襲われた。

そして祝詞《のりと》を聞いていると気分が悪くなる。

立っていられない。思わずしゃがみ込む。

お祓いが終わる頃には体調が戻ってきたが、周りを見ると解体業者の責任者他数名も地面に這いつくばっていた。

近くにあった椅子に座って脱力していると、業者の責任者がやって来る。

「ちょっと、お耳に入れておきたいことが」

どういうことか聞き返すと、小声になった。

「この建家、ちょっと変なところがあって」

まず、二階の屋根裏に人が住み着いていたような痕跡があったらしい。

ビニールシートが敷かれ、毛布と蝋燭《ろうそく》が持ち込まれていた。

近くには缶詰や空き瓶が転がっており、ある程度そこにいたような雰囲気がある。

「それだけじゃないんですよ」

解体を始めると作業員が怪我をする。それも長期離脱するようなものだ。

足場や屋根から落ちたり、機材に挟まったりと酷い怪我を負う。

解体が進むと変な物が見つかりだした。

紐で縛られた長方形の板や角材だ。中には和紙で包まれてから紐が巻かれているものもある。一見、御札やその類に見えないこともない。

それらは隠されるように山荘の各部にあった。

気持ち悪いなと噂し合っていると、ある場所で大量の御札を発見してしまった。

数枚ずつ束にされ、新聞紙で包まれたものが十数個。

御札は新しいものではない。

例えるなら、神社へ返納され、御焚き上げされるもののような雰囲気があった。

「ここだけの話、多少の物が出て来ても、私らは勝手に処分しちゃいますよ。でも、今回はそれが赦されなかった」

御札の処分が決まり、拾い集めるために近寄っていった作業員が、突然その場で倒れた。

おかしな痙攣を繰り返している。救急車を呼んだが山の中なのでなかなか来ない。

顔にチアノーゼが出て来て、これは駄目だろうと覚悟を決めた。

漸く救急車が辿り着き、病院で一命を取り留めることができた。

急性心筋梗塞だと聞いたが、医者が言うには「あと少し遅れていたら死んでいた」ほどの状態だったという。

騒ぎの後、再び御札を棄てようとした別の作業員が突然胃痛で動けなくなった。

三人目が近づいたとき、解体作業で弾け飛んだ石で眼球を潰し、失明してしまった。

「ここまで重なるともうお祓いしかない。神社へ依頼したら、何故か相手方に断られたんです。これもいつもと違う。こんなことありません」

やっとお祓いを承諾してくれた神社があったが、そこの神主は「その山荘の持ち主もお祓いした方が良いです。断って来ても、繰り返し誘って下さい。持ち主が来ることが、お祓いをする条件です」と言い切る。

「だから、来て貰ったんですよ」

責任者がその御札の場所を案内すると言う。

断りたかったが、しつこいので根負けしてしまった。

現場には確かに新聞紙で包まれたものが幾つかと、散らばった御札がある。

すぐ手が届きそうな位置で、御札に書いてある神社名も簡単に読み取れた。

知らない名前が多かった。

「お祓いの効き目があると良いのですが。でも、お祓い中にあんなことがありましたからね。油断できません」

その言葉の通り、現場での怪我は続いた。とはいえ前とは違い、軽いものが多い。まだマシだと作業は続けられ、漸く更地となった。

祖父はそこを二束三文で売り飛ばした。


「そんな状態の土地に、新しく別荘なんて建てられない、というのがお祖父ちゃんの決断だったんだ。お前もそう思うだろう？」

父親は大沼さんに真顔で訊く。確かにそうだ。

しかしあの山荘にそんなものがあったなどと想像したことがない。

「変なものがあったところによく遊びに行っていたよね」

娘の言葉に、父親は少し難しい顔になった。

「実はな、お祖父ちゃんが言ってたけど、〈御札を包んでいた新聞紙の日付を見たが、おかしかった〉らしいんだ」

祖父は作業責任者と御札の現場を見た。

半端に開けられた新聞紙の記事が何か気になる。あまり古い内容ではない。

日付に目を凝らした。

年月日を確認して、あっと声が出た。

あの鍵が分解され、不法侵入される少し前くらいだったからだ。

「だとすると、御札の束を仕込んだのは、少なくともその時期ってなるだろう？」

確かにそうだ。では何のために御札をそんな風に使ったのか。一体誰がやったのか。

「分からない。でも、やった奴は悪巫山戯《わるふざけ》とかそういう感じで、何か相手に起こったら万々歳。そんな意図があったように、俺は感じる」

それはそれで気持ち悪い。大沼さんは、厭な気持ちになった。

だが、父親はふと何かを思い出したようで、話を続ける。

「売った後、そこの土地からまた何かが見つかったらしいんだ」

それは丸めたビニールシートだった。

土地の一角に埋められたそれの中には、大量の新聞紙とタオルが包まれていた、らしい。

と言うのも、直接見たわけではないからだ。

祖父が間接的に受けた報告だと〈シート内に新聞紙とタオルが大量に丸められていた。はっきりとは言えないが、大量の血液らしきもので固まっている〉。

いつ埋められたのかは知らない。

発見した側に新聞紙を確認させれば分かるだろう。

だが、もうそんな気力も興味もなかった。

「お祖父ちゃん、もううちには関係ないからって、拒否したんだ。だからいつからあったのかも、そもそもその話が本当なのかも、分からない」

大沼さんは、その山荘があった場所がどうなっているか知らない。

「こんな話を聞いてさァ、行けるわけないよね」

赤くなった顔で、私に同意を求める。

頷くと、満足したように笑う。

「しかし、世の中には変なことをする奴らがいるのね。理解できない……」

御客

久保田真智さんと知り合ったのは、人の紹介で、だった。

「おかしな話、集めているんでしょ？」

初めて会ったとき、和やかに言われたことを覚えている。

彼女は長年喫茶店を経営していた人物だ。

平成が終わる一年前に、店を畳み、今は悠々自適の生活を送っている。

「お店をやっていたときの話なら、幾つかあるから……」

◆

昭和六十年——一九八五年のことだ。
雨が降っている日だからか、年末の割に客足が鈍い。午後に入っても席はガラガラでとても暇だった。
自分のために紅茶を淹れていると、ドアが開く。
目をやれば、三十代後半から四十代前半くらいの男が立っている。
少し長めの髪に、コートを羽織っていた。
脱ぐとヒョロッとした体型で、よく見れば背があまり高くない。
中はボーダーのセーターにジーンズ。サラリーマンのようには見えなかった。
「珈琲、頂戴」
カウンター席に座り、短く注文を告げる。
少し高めの声で、語尾が上がっていた。
ブレンドかアメリカンか聞けば、ブレンドよォ、と返される。
(ああ、そのタイプなのか)納得した。
ブレンドを出し、少し離れた場所で紅茶を飲もうとしたとき、客が声を掛けてくる。
「こっちで飲めばいいじゃない」
どうせ暇だと、会話を楽しむことにした。
他愛もない雑談の途中、客は何本も煙草を吸った。チェーンスモーカーのようだった。
「あ、そうだ。いいもの見せてあげる」

一枚の写真を取り出す。

モノクロで、若い男性二人が寄り添うように映っている。

写真の人物には特に特徴がない。強いて言えば少し前のファッションであるくらいか。

「これは？」

「あのね、驚かないで」

勿体付けてから、客が教えてくれた。

「三億円事件の犯人だって」

もう一度写真を見た。普通の若い男性にしか見えない。

「アタシのね、知り合いのお友達なんだって」

興味を引かれたので、詳細を訊ねてみる。

「気になるでしょ？　あのね……」


客の知り合いは東京都立川市に住んでいる。

とても仲の良い男性で、同じ年齢だ。だから現時点で四十三歳になっている。

彼は一九六八年・十二月に起こった〈三億円事件〉の犯人と友人だったと言う。

とはいえ、それは結果に過ぎない。

事件に加担して欲しいと頼まれたことすらなかったのだから。

全てを知ったのは、事件から一年が過ぎた頃。

〈その友達がそっと教えてくれたんだ〉と彼は自慢げだった。

犯人はその友人と、知らないもうひとりの男性。複数犯だった。

準備から実行まで、この二人だけで進めたことが成功の理由であると主張している。

たくさんの人間が関わるとそれだけ外部に漏れやすくなる、という訳だ。

しかし単独だと失敗する確率も上がる。だから二人がよかった。

〈いろいろ聞いたけど、俺からすると杜撰というか。ひとつ失敗したら全てがパァの計画だったなァ。本当にそんなので行けたのかと驚いたよ〉

でも、やったんだよ、コイツらが、と彼は客に一枚の写真を渡してくれた。


「……それがこれ。アタシにくれたの。凄い写真だからって。もう少し時間が経ったら、新聞社とテレビ局に売れればいいって。でももう、いろんな人に見せちゃったから、情報を掴んだあっちから取材に来るかも！」

でも、誰にも秘密よ、と客は笑う。

しかしどうにも信じられない。情報が大まかすぎるし、明確な証拠もない。全て想像で話せることだけだ。

それに写真の人物たちは、そんな大それた事件を起こす人間に見えない。

この客はその知り合いに担がれているのではないか。

しかし頭から否定をしてはならない。客商売で行う会話の鉄則だ。

「驚きました。で、この二人、今どこにいるんですか？」

「あ。それも聞いたわ。北海道に身を隠しているんですって」

時効が来ているから、出て来てもいいのにねと客が残念そうに言う。

「でも、出て来たら、写真の値段が下がりますよ？」

「あ、そうね！　そうだわ」

頷く客に、もう一度写真を見せて貰った。

若い二人の男性。少し距離が近い。お互い頬を寄せて笑顔だ。

(あれ？)

二人の背後にある窓に目が行った。

誰かが中を覗き込んでいる。

向かって左側から顔を半分だけ出し、睨み付けるような表情だ。

短髪の男性のようだが、一体誰なのだろう。

しかし、異様に顔が大きい。

手前側の二人と比べてみると、優に三倍はある。

いや、遠近法を加味すると、それ以上の大きな顔だ。

「あの、これ」

指摘すると客は飛び上がらんばかりに驚いた。

「何これ！　今まで気付かなかった！　心霊写真じゃない!?」

大騒ぎするのを宥める。

「あの、これ、合成とかの偽物じゃないですか？　あまりにハッキリ映っているし」

客は騒ぐのを止め、じっと写真を見詰めた。

そして、その顔色が一気に青白くなった。慌てたように写真をポケットに仕舞う。

「ごめんなさい。もう帰るわ」

代金を置き、客は出て行った。

金額が少し多い。更に煙草とライターを忘れていったことに気付き、後を追いかけたがもう何処にも姿はなかった。

「それからその人、来なかったし、その写真が世に出ることもなかったのよね」

代わりに、彼女の周りで少しおかしなことが起こるようになった。

連日連夜、殺される悪夢を見る。相手はあの写真の二人だ。

ひとりに押さえつけられ、もうひとりに包丁で何度も突かれる。その顔は必死だった。

痛みや苦しみは夢とは思えない生々しい感覚。執拗に刺され、死んだと思った瞬間、ハッと目が覚める。

酷い夢だった。

そして、当時同居していた男性が自宅で幽霊を見た。

〈顔が見えない幽霊だけど、それが若い男だと分かる。見えないと言えば、手足の先端があったのかなかったのか。覚えていない。見えてなかったのかも知れない。それが二人出る。それぞれ別の人間だと思う〉

幽霊は同居男性しか見ていなかったが、夢は何時までも続いた。

このせいかどうか分からないが、男性と些細なことで仲違いしてしまった。

悪夢が原因の寝不足で苛立っていたこともだが、相手が自分を金銭面と女性関係で騙しているのではないかと疑わせる言動を繰り返すようになったからだ。

結果、同居は解消された。代わりに、あの悪夢を見なくなった。

元同居男性の消息も途切れて、どうなったか知らない。

「それから、ちょっと男性不信になって。店以外はずっとおうちでゲームしてたの。流行っていたし。それはそれで楽しかったのよね」

でも、と彼女は眉を顰める。

「今もあの写真を見せてくれたお客のこと、しっかり覚えているんだけど……何故、急に顔色が変わって、逃げるように出て行ったのかな」

◆

昭和六十一年——一九八六年の後半だった。

この頃、店に良く来る女性がいた。

二十代後半だろうか。夜の世界に生きる者独特の雰囲気を纏っている。

来るのは午後が多く、出勤前に美容室へ行く時間調整のようだった。

カウンターに座り、雑談をするくらいには仲が良かったように思う。

しかし、ある日、ゲームの話で盛り上がった。きっかけは覚えていない。

「ねぇ、うちに来て一緒にゲームしようよ。日曜の午後とかは？」

「でも、店があるし」

やんわり断るが、しつこく食い下がる。何か子供のようだ。

「なら、平日、店が休みのお昼は？」

彼女はぱぁっと笑った。とても嬉しそうだった。

「アタシ、カタヤマ　フミエっていうの。アパートはここからひと駅も離れてないから」

約束をすると、彼女――フミエは帰って行った。


当日、お弁当を買ってフミエとの待ち合わせ場所まで歩いた。

バッグには自分が持っているソフトも入れている。

駅前で落ち合い、彼女のアパートへ案内された。

築何年だろうか。あまり綺麗なところではない。

二階の角部屋がフミエの部屋だったが、六畳と四畳半の二間で、台所とトイレ、風呂がある。意外と殺風景で、家具は少ない。仕事で着る服はビニールケースの中だろうか。

飲み物を用意すると、さっそくゲームが始まる。

暗号を入れると、画面が出て来た。文字を読んで冒険をするゲームだった。

「これ、面白いんだ。でも、なかなか進まなくて」

横で見ていると何となく楽しそうに見える。

いつの間にか午後一時を過ぎていた。お弁当を食べようと促すが、なかなかゲームを止めようとしない。ともかく一度ストップと言うと、彼女は笑った。

「まるでお母さんみたい」

食事をしながら、フミエの身の上話を聞く。

年齢は十九歳。埼玉出身で、高校に行くことなく夜の世界へ飛びこんだ。

父母は埼玉にいるはずだが、もう何年も会っていない。

「数ヶ月前に男と別れて、今はひとり暮らし。ゲームがあるから寂しくない」

先に食べ終えたフミエがゲームに戻る。

そうだったのかと内心頷きながら、彼女の背中を見詰めた。

「ああ！　死んだ！」

フミエが叫んだ。

ゲームの中での自分が死んだらしい。

フミエがくるりと振り返って、ニッコリ笑いながら煙草に火を点ける。

「そうだ。アタシのね、赤ちゃんも死んじゃったんだけど」

テレビの横に置いてある、布の掛かった何かを取り出した。

中身は小さく白い、骨壺だった。

「どうしたらいいか、よく分からないから、ずっと家に置いているんだ」

彼氏が見せるなというから、布を掛けて、テレビの脇に押し込んでいたらしい。

「でも、夜中と朝方に、これ、騒ぐんだよね」

店から戻ってきて、水を飲もうとすると壺の蓋が鳴る。

着替えをしているとき、壺の中から、泣き声が聞こえる。

入浴を終え、布団に潜り込むと音も声も止むが、朝方になると掛け布団の上を歩き回る何かがいるので、眠れない。頭に来て、布団の中で手足を動かすと消える。

「でも、彼が住みだすと何もないから、オトコが怖いみたい」

フミエはくわえ煙草で笑った。

どうして、赤ちゃんが亡くなったのかを聞くと、彼女は少し困った顔を浮かべる。

「十六の時の子で、一歳になる前に、突然死んだの」

その言葉が終わるか終わらないかくらいに、突然テレビ画面が消えた。

どこからともなく、風切り音が聞こえる。いや、笛の音だろうか。

抑揚はないが、どことなく物悲しく寂しい。

フミエを見ると、彼女は耳を塞いでいた。

「ほら、これ。泣き声。これが店から戻って着替えていると、始まるんだ」

いや、泣き声には聞こえない。

しかし彼女は赤ん坊の泣き声だと思っている。

押し入れの中から襖を叩く音が始まった。

弱々しいが、確実に〈トン、トン……トン……トン〉と不規則に繰り返されている。

「これも！　壺の蓋の音！」

フミエが骨壺を指さす。いや、そこからは何も聞こえない。蓋の音でもない。

これ以上、ここにはいたくない。いてはいけない。それだけは分かる。

帰るねとフミエに告げ、さっさと外に出る。

ドアを閉める瞬間、部屋の中から「おかあさぁん」というフミエの声が聞こえた。

もう、振り返ることも、戻ることも出来なかった。


それからもフミエは店に来た。

この間の出来事についてはひと言も言わず、いつものように会話を交わす。

「ねぇ、またゲームしに来てよ」

彼女の誘いを躱《かわ》し続けるうち、いつしか来なくなってしまった。

最後に店に来た時のフミエは痩せ細っており、目だけが厭な光を湛えている状態だった。病気なのか、それとも他に理由があるのか聞いていない。

少しして、フミエのアパートへ様子を見に行ってみたことがある。あの二階の角部屋には、知らない、若い夫婦が住んでいた。

◆

平成一七年――二〇〇五年。

このとき、一度目の閉店を計画したことがあった。

体調を崩したので病院で検査を受けると、内臓に疾患を抱えていることが判明した。手術を受けて、その後の治療を続けなくてはならないものだった。

当然、体力の低下が予想される。十分な経営が出来るか不安があった。

手術と治療の期間を計算すると、約三ヶ月は店を休むことになる。いや、場合によってはそれ以上かかる可能性もあった。

(店を畳む方がよいのではないか?)

しかし、踏ん切りが付かなかった。
自分には決断力があると思っていたが、病気への不安のせいで鈍っているのだろうか。
手術が遅れれば遅れるほど病は進行するだろう。
(店は休んで、その後は復帰してから考えればいい)
問題を先送りにしたのは、初めてだった。
手術は成功し、治療も一段落する。
店を再開すると、客は以前と同じほどやって来た。
忙しいときは流石に体力が持たなかったが、充実した感覚があった。
(もし、店を辞めていたら、張りを失っていたかもしれない)
結果的に良かったのだと安堵した。

とても寒い日だった。
空から雪が降ってくるが、積もりそうな感じはない。
しかし夜遅くなると酷い寒波が来そうだ。
(今日は客もあまり来ないし、早じまいするか)
午後七時前、片付けを始める。

そこへ、客が二人入ってきた。

二十代後半程度のサラリーマン風と、その先輩のような眼鏡を掛けた男性の二人だった。とはいえ、何処か違和感があるというか、スーツやネクタイを着慣れていないように感じる。言わば、真っ当な会社員とは言いがたい雰囲気だ。

二人とも暗い顔をしている。何か重い雰囲気が漂っていた。

彼らは店の一番奥のテーブル席に着く。

「ブレンド二つ」

注文の珈琲を淹れながら、そっと様子を覗う。

何事か相談し合っているようだが、声を潜めているようで何も聞こえない。

多分、人に聞かせられない内容なのだ。

長年客商売をやっていれば、大体の雰囲気で察することが出来るようになる。

珈琲を持っていくと、ピタリと会話を止めた。やはり外部に漏らせない話か。

(これだと、長くなりそうだな)

もっと早く閉めればよかったと後悔した。

予想通り話が長くなっている。

途中で少し大きな声が聞かれるようになった。言い争いという雰囲気はないが、深刻さが伝わってくる。

今のうちにとキッチンの片付けを進める。だがすぐに終わり、やることがない。

手持ち無沙汰の中、紅茶を淹れ、ミルクティーにして飲んだ。

(まだかな……あれ?)

ちらっと男性二人の方へ視線を向けて、気がついた。

知らない内に他の人間が店内にいる。

小学校の高学年くらいだろうか? 少女が三人、男性たちを囲むように立っていた。

全員俯いていて、顔が見えない。

ひとりは長い髪のスレンダーな体型で、Tシャツとショートパンツ。もうひとりは短めの髪で少しぽっちゃりしており、薄手のワンピース。最後のひとりは他の二人より小柄で、Tシャツにミニスカートだった。

(寒くないのかな? あの子たち。でも)

心配しながらも疑問が浮かぶ。

いつの間に入ってきたのだろう。全く気がつかなかった。誰かが入ってくればドアに付けたベルが鳴り、来店を報せるようにしているのに。

(あの人たちの子供かしら? ここで待ち合わせ?)

どちらにせよ、何処かに座らせてあげないといけない。
カウンターを出て、再び視線を向けると誰もいない。
驚いて店内を見回すが、少女たちの姿は何処にもなかった。
逆に客の男性二人がこちらを見て、訝しげな顔を浮かべている。
水のおかわりは？　と誤魔化してみたが、相手は手を横に振った。
カウンターに戻り、もう一度、男性たちのテーブルを盗み見る。
いた。
少女が三人。さっきと変わらない。
いや、さっき目に入らなかったことに気がついた。
全員、服から出ている部分に、痣や蚯蚓腫れ、切り傷がたくさんある。
まるで虐待されたようだ。
唖然として見詰めていると、少女たちが一斉に顔を上げ、こちらを見た。
思わず息を呑んだ。
顔がない。いや、あるのだろう。が、そこを注視することを、目が拒否をする。
滅茶苦茶に潰されているのだ。多分、原形を留めていない。
（生きている子じゃ、ない）

込み上げる吐き気と怖気の中、少女たちは両腕を動かし出す。

男性二人を交互に指さした後、床方向を掌で押すような動き。

更に天井へ向けて手を振り、自分たちの身体を叩き始めた。

懸命な身振り手振りだが、何を伝えたいのか。

男性たちが立ち上がった。

少女たちの姿が消える。

何故か二人はしきりに背後や足下を気にしている。そこには何もないのにもかかわらず。

彼らはこちらへ向けて歩いてきた。

「お会計。領収」

ブレンド二杯分。九百円。震える手で必死にレジを打つ。

「……飲食代でいいですか？　あと宛名は？」

先輩らしき男性は一瞬黙り、そして「飲食代。上様で」と答えた。

領収書を渡すと、二人は外へ出る。

ベルが鳴り、ドアが閉まる。

通りに出た男性たちの後ろを、少女たちが追いかけていくのがガラス越しに見えた。

そこで限界が来て、トイレで吐いた。

あの男性たちと少女たちの関連を想像したことがある。

近年の少女に対する犯罪と、その加害者、という言葉が頭に浮かんだ。

また吐き気を感じる。

（考えては駄目だ、駄目だけど……）

少女たちのことを思い、手を合わせた。

◆

「まだあるけれど、とりあえずはこれくらいかな」

久保田さんは一息ついた。

私はお礼を述べながら、現在の体調を訊いた。

「大丈夫。検査もこまめに受けてるし」

微笑む彼女がふと漏らした。

「手術をしてからかな。偶に不思議なものを見ることが増えたのよね」

何故だろうか？

「何故だろう。うーん」

ひとしきり考えてから、答えた。

「分からない。でも、自分の中で何かが変わったんだと思う」

どうせなら綺麗なものが見たいよね、と久保田さんは薄く笑った。

赤椿

雨の飯田橋《いいだばし》駅付近。

少し遅い昼食を摂りながら、塚原理加さんと昨今の未解決事件について話していた。

「考えてみれば、この平成の世でも、未解決事件って多いですよね」

三十代だから、平成の未解決事件が印象深いのだろう。警察の捜査力も時代と共に上がっているはずだから、すぐ捕まりそうなのに、と彼女は不満な口調だ。

ただ数々の未解決事件のうち、報道がほぼないものが多い。だから警察も捜査に割く人員が足りなくて四苦八苦している側面もあるのでは、と指摘してみた。

「ああ、そうですね。従姉妹が住んでる地域でもそういう話があります。それで……」

彼女の従姉妹は本州のある地域に住んでいる。

市の中心部は賑やかだが、少し郊外へ行くと寂しい場所が増えていく。

期間工を募集する大工場が幾つかあり、その周辺では犯罪件数が多かった。

従姉妹は「窃盗から轢き逃げ、殺人まで、犯人が捕まっていない事件が多い。原因のひとつは防犯カメラが少ないことと、他の地域から短期で働きに来ている人間が多いせいではないか？」と言う。

こういった未解決事件は全国にあるだろう。


平成二十八年――二〇一六年の秋だった。

塚原さんはその〈未解決事件のあった〉地域の従姉妹宅を訪れた。

別の従姉妹の披露宴に出席するためだ。

当初は両親だけが行くことになっていたが、途中から一家総出で参加が決まった。

久しぶりに親戚たちに会えることもあり、楽しみだった。

披露宴はなかなか感動的だったと思う。花嫁姿は綺麗だったし、相手の方も誠実そうである。

その後、二次会には参加せず、両親と従姉妹の家へ戻った。

一晩ここへ泊まり、翌日帰る予定だ。

出前の寿司で夕食を終え、後はノンビリする。

「ねぇ、ちょっとコンビニに行きがてら、ドライブしない？」

従姉妹が誘ってくる。

「いいね。ってか、車じゃないとコンビニ行けないの？」

「うん。ここから歩くと三〇分くらいかかる」

二人で笑いながら、車に乗った。

夜道を進む中、車載時計はすでに二十一時を過ぎている。

「そう言えばね、ここから少し走ったとこで事件があったんだって。十何年前かな」

従姉妹が事件の概要を話し始める。

ある日、身元不明の遺体が空き地に放置されていることが判明した。

捜査の末、隣県の年老いた男性だと分かった。

自殺や突然死ではなく、事件性があると判断される。

遺体が置かれた地点から数キロの範囲では結局犯人につながるものが出てこない。更に捜査の範囲を拡大したが、迷宮入りした――。

「ふうん。今も捕まっていないんだ？」

「うん。あ。そうだ。その遺体が遺棄されていたところ、私知ってるよ？」

従姉妹は彼氏と肝試しで二度ほど足を運んでいた。

「連れて行ってあげる」

別に行かなくてもよかったが、ハンドルを握るのは従姉妹だ。

車は市街地から別の方向へ向かい始めた。

「ここだよ」

現場だという場所で降りる。

寂しい郊外で、真っ暗な空き地だ。周りには畑と送電線の鉄塔くらいしかない。

ここに遺体があったと聞かなければ、何でもない場所だ。

従姉妹の家から四〇分ほど掛かっている。

「ねぇ、皆が心配するから、連絡しておく?」

「うん。じゃ、私が親にメールしておく」

従姉妹がスマートフォンを取り出し、タップを始める。

しかし、途中から何か苛立った声を上げだした。

「あれ? えー? 何?」

メールの送信が出来ないと四苦八苦している。チェックすると、アンテナは全て立っているし、特に問題はないように思えた。

電源を一度落として再起動させる。

その時、遠くで何かが動いているのが目に入った。

白い二等辺三角形が、頂角の方を上にして、鉄塔の足下を左から右に掛け、すーっと横滑りしていった。

「アレ、なんだろ？」

従姉妹が声を上げる。彼女も見えていたようだ。

鉄塔とのサイズ差から逆算して、人間の身長を優に越えている。

そして灯りのないこの場所で、何故あんなにハッキリ判別できているのか。

三角形自身が発光しているようには思えない。

どちらかと言えば、切り出したベニヤ板に白いペンキを塗ったものに見える。

三角形は次の鉄塔に辿り着く前に、スッ、と消えた。

上から何かで覆い隠したような消え方だった。

「……帰ろ」

従姉妹が車に戻り始める。何か不穏な空気を察したようだ。

後を着いていこうとした瞬間、ぐいっと髪の毛を強く引っ張られた。

思わず後ろへのけぞる。咄嗟に振り返ってしまった。

赤い椿の花がポツンと一輪、自分のすぐ傍、目の高さに浮いていた。

否——色と形、大きさで瞬間的に椿の花だと思っただけで、違う。

ただ、弾けたような赤く丸い何かがそこにあった。

中心部に茶と白が混じり合った、マーブル状の物が座していたようだったが、瞬時に目を逸らしてしまった。

(見てはいけない)

心がそう判断した。

車の方へ走ろうとしたとき、従姉妹が叫び声を上げる。

視線がこちらへ向いていた。

助手席へ飛び乗る。従姉妹も乱暴に運転席へ乗り込んだ。

エンジンを掛けると一気に空き地を飛び出し、市街地へ走る。

「……み、みた? ね、みた? ね、みた? ね、みた?」

「わかんない、わかんない、わかんない、わかんない」

今ここで従姉妹の見た物と自分が見た物の答え合わせはしたくない。

あとは無言で、従姉妹宅へ戻った。

「遅いよ、何時だと思っているの!」

家に入ると、親たちが怒っている。

だが、こちらの様子から何かがあったのだと察知したのだろう。すぐにソファへ座らせて、温かい飲み物をくれた。

漸く落ち着きを取り戻し、今し方あったことを皆へ報告する。

「……そういう所へ行くからだ。まあ見間違えや勘違いだろう。気にするな」

双方の父親たちは叱りながらも慰めてくれる。

母親や他の人間は、半分信じ、半分疑うような態度だった。

その夜は従姉妹と同じ部屋で過ごした。眠れなかったのだ。

しかし、さっきの出来事に関して絶対に話さなかった。

わざと明るく楽しい話題だけを交わし続けた。


翌朝、送ってくれるというので従姉妹が駐車場から車を出す。

眠そうだが、昨日のことがまるでなかったことのように元気である。

荷物を積む段になり、ふと気付いた。

「ねぇ、アンテナ、壊れているよ」

車体後部の屋根部分にあるアンテナ、所謂ルーフアンテナが根元からボッキリ折れてなくなっている。

驚いた従姉妹が破損部分を確かめる。歪な切断面だ。

「ホントだ。えー、いつだろう？」

そこへやって来た従姉妹の父親が笑いながら、言わなくて良いひと言を発した。

「昨日の空き地で、後ろから引き千切られたんじゃないか？」

従姉妹が泣き出す。結局、車の運転は他の人がすることになった。


「あの三角形も、椿の花だって思ったものも、正体不明です」

塚原さんは首を傾げている。

では何故、花の中心から目を背けたのだろう。

「本能、ですかね？　見たら大後悔しちゃいそうなものが、見えそうだったから」

防衛本能が働いたのだろうと苦笑する。

「そして、ちょっと後日談があるんですよ」

東京へ戻ってすぐ、彼女の所へ例の従姉妹から電話が掛かってきた。

『あのね、あの後、明るいときに、お父さんとあそこの空き地へ行ってみたんだ』

彼女の車のアンテナが、そこに落ちていた。

『アンテナって、余程力を加えないとあんな風に折れないいんじゃないかな……』

従姉妹は『二度とあんな所へは行かない』と宣言した。

空き地に遺棄された男性の事件は、今も犯人が見つかっていない。
未解決のままである。

救済

上条由美子さんは、とある地方都市に住む。

「初めまして……」

彼女は別のルートから紹介して貰った人物で、今年四十三歳である。

おっとりとした物腰であるが、どことなく陰があった。

二十代で一度目の結婚を失敗し、独身のまま今に至ったそうだ。

そのせいかどうか分からないが、まだ三十代前半に見える。

初対面と言うこともあり、のんびり話が伺えるよう、ファーストフードへ入った。

「私なんかの話でいいのでしょうか？」

聞けば、ここ数日、上手く話が出来るか不安だったらしい。

「とりあえず、私の知っている範囲で話しますね」

平成のあるとき、ある新興宗教団体が大事件を起こした。

誤解を怖れずに言えば、テロだろう。

以降、所謂〈カルト〉的宗教団体たちは身を潜めた。

もちろん、活動は継続しながら。

中には文化庁や都道府県へ届け出をしていない宗教団体もあった。

得てしてそのような人々は〈元々、他の宗教団体に所属した者がそこから袂を分かち、自身が教祖となるパターン〉や〈数名のグループで自ら考えた神と教理を信じ、活動するケース〉が多かったように思う。

彼らは小さく閉じた世界で信仰を続けた。

そして、集団心理により、様々な事件を起こした。

全てがそうではない。だが、確かにそういう事例は散見された。

信じる者が救われることなく、破滅へ一直線に墜ちて行ったように思えて仕方がない。


上条さんの親戚も、このような〈個人が設立した宗教団体〉に所属していた。

平成十二年前後の時期だ。

親戚は父の兄の妻であり、血の繋がりはない。

団体への信仰のせいで家庭内不和となっており、問題がある人物だった。

「私が不幸なのは、前世からの業により、この世で報いを受けているから」

そう言って、親戚は教祖になけなしの金銭を御布施《おふせ》として差し出し、プライベートな時間は修行と称した集会と勧誘に明け暮れたと言うのだから、推して知るべしだ。

その宗教の教理を聞いたことがある。信者にとってとても聞き心地の良い言葉を並べ立てただけの薄っぺらいものだった。だが、信者は何故かそれに気付かない。

そこから更に深みにはまり御布施額を増やした信者は、特別待遇として厳しい修行を課されるようになる。

〈内弟子として扱うので、厳しく修行をさせる。何故ならば、ここまで積み重ねてきた徳で、貴方はこれからの団体、及び我々の神に認められた必要な人物となったのだから〉

徳とは信心を含むらしいが、実は御布施額である。

信者達は競って、金を教祖に渡した。

更に修行と称して理不尽な体罰や、表だって言えないような行為を強要されても、感謝して全てを受け入れていたという。

毎週末になると、彼女の家へこの親戚がやって来た。

勧誘である。

「ねぇ、お母さんいる？」

以前からしつこかったが、ここ最近は特に酷い。

いないと告げれば、じゃあ、貴女でいいわと食い下がる。

当時二十代前半とはいえ、無碍に追い返せるほど強くなかった彼女は、延々と親族が信じる宗教について聞かされるのが常だった。

短くて一時間、長くて二時間ほど勧誘は続く。そして最後に「今度、一緒に集会へ行きましょう。いつがいいか、教えてね」と言い残して帰って行くのだ。

辟易して、どうにかして欲しいと父に訴えるのだが、親戚の夫である父の兄もすでに抑えられなくなっている。打つ手がなかった。

しかし、親戚が勧誘に訪れ始めてから、三ヶ月が過ぎた辺りだ。

向こうも諦めたのか、やって来なくなった。

ひと安心していた時期、上条家で異変が起こり始めたという。

まず、庭に生き物が寄りつかなくなった。

以前は近所の飼い猫や小鳥たちがやって来ていたが、ここ一ヶ月以上、その姿を見ていない。それればかりか、植えた花や木が枯れていく。原因は分からない。

次に風呂やトイレに悪臭が漂うようになった。

腐臭というのだろうか。捌いた魚の内臓が傷んだような鼻を衝くものである。

風呂掃除をし、水を張った瞬間から臭くなった。トイレも掃除を繰り返すが、すぐに異臭が始まる。芳香剤を置くとそれぞれの臭いが混じり合い、最悪な結果を招いた。

また、電気系統の故障が増えたが、修理をしに来た人たちが首を捻る。

「こんな壊れ方、しませんけどね、普通。何かされました？」

彼らが言うには「家の中を通る配線ケーブルが〈鋭利な刃物で切断されたような状態〉になっていたり、〈電気機器の基板が考えられない割れ方をして〉いたりする」らしい。

当然、普通の使い方しかしていないので答えに窮してしまう。ともかく直してくれと頼む他なかった。

そして、日曜の昼下がりだ。

父親の叫び声が聞こえた。

書斎として使っている洋間からだ。

彼女が母親と駆けつけると、廊下に通じる扉の前に父親が立っている。

青ざめた顔をしていた。

「お前たち、さっき、ここに来たか？」

二人とも首を振る。どちらも台所で昼食の片付けとお菓子作りの準備をしていた。

「やはり……うーん」

何か言いたげだが、父親は口にしたくないような空気を出している。

とはいえ気になる。

「どうしたの？」

「いや。まあ」

口籠もるのを無理矢理聞き出して、驚いた。

「椅子に座って買ったばかりの小説を読んでいたら、扉が開いた。二人のうちどちらかだろうと顔を上げると、そこに知らない人間がいて、覗いていた」ようだ。

「それって、外から誰か入ってきているってことじゃないの⁉」

母親が慌てた声を上げる。しかし父親はそれを制して続けた。

「……おかしいんだ、ソイツ」

相手は、ワイシャツを着た男性だった。

若いと思うが、違うかも知れない。

目と口を大きく開いているせいで元の顔がよく分からないからだ。

言わば、見つかってしまった！　と言いたげな表情だった。

「でも、それは当たり前でしょう？　お父さんに見つかったのだから。空き巣とか強盗だったのなら、しまった！　って驚くよ」

父親は首を振る。

「下半身が、見えなくて、そして両手に変な物をぶら下げているんだ」

ベルト部分より下には何もない。

それなのに、両腕の先端、手に提げたものは目に入る。

右手には薄汚れた木製のしゃもじらしきものが、左手には黒くてぐちゃっと丸まった何かが握られていた。

呆気にとられていると、男は下へ沈むように消えた。

体感で数秒のことだった。

「見間違えじゃないかと思った。それか、もし二人がたまたま通りがかった姿を自分が勘違いしただけとか。だから、一応ここへ来たか訊いた」

父親は自らが見たものをなかったことにして済ませたいようだった。

しかしどう考えても自分たちが〈下半身のない、両手におかしなものを持った男性〉に見えるわけがない。

もちろん彼女も母親も信じたくないのは確かだ。もし信じてしまったら、もうここにはいられない。だから父親の言う「そういうこと」にした。見間違え、勘違いだ、と。

ただし、その後、母親が目撃してしまった。

朝、朝食準備をしようと、うす暗い台所へ入ったときだ。

フローリングの床の上を、二つの足首だけが小走りに移動し、消えたのを見た。

足首から上は宙に溶けていたが、サイズや雰囲気から女性っぽい。

「でも、やたら爪が汚いの。ボロボロで真っ黒なものが詰まっていて」

「一瞬だったんでしょ？　よく爪まで見えたね」

その言葉に母親は驚きの表情を浮かべた。言われて初めて、自分が相手の爪を認識していたことに気付いたのだ。

どちらにしても異様なものが家にいるのだとしか言えない。

そして、ある夜だった。

上条さんは自室でマニキュアを塗っていた。

いくつ目の爪を塗っているときだっただろう。

部屋の中に空気の流れが生じた。マニキュアの臭いが後方へ流れていく。

(誰か、後ろのドアを開けたな)

何も考えずに後方を振り返った。

確かにドアは開いていた。人間の拳ひとつ分くらいの隙間が空いている。

その隙間から、誰かがこちらを見ていた。

作務衣を着た女性だった、と思う。

肩くらいの黒髪は脂ぎっており、面皰《にきび》だらけの顔だった。

若いのだろうか。それともただ化粧っ気がないせいで幼く見えるのだろうか。

突発的なことに心と身体の動きが一致しない。どう対応していいか判断が出来ていない。

ドアの隙間から一本の腕が差し込まれた。

手首から先が滅茶苦茶になっていて、ドス黒い赤に染まっていた。

そこで漸く、叫ぶことが出来た。

両親が駆けつける寸前、女性が消えた。入れ替わるように二人が飛びこんでくる。

母親に飛びつき、泣き喚いた。

やっと落ち着き、自分がこの目で見たものを訴える。

母親がポツリと漏らした。

「拳ひとつくらいの隙間だったんでしょう？　よく、女の人で作務衣を着ているとか、細かい部分が分かったね」

改めて怖気が襲ってきて、その晩は全く眠ることが出来なかった。

――しかし、間もなくして異変は綺麗さっぱりなくなった。

理由は分からない。

ただ、家が元に戻る少し前、こんなことがあった。

その頃はすでに僅かにおかしなことがある程度で、変なものが出てくることはなくなっていた。時期的に〈作務衣の女〉が出てから一ヶ月後くらいか。

ただし、家の中に居ると落ち着かないというか、居心地の悪さを感じることが多かったように記憶している。これは家族全員の認識だった。

その頃、家族三人で旅行へ出掛けた。

自家用車を使ったのんびりとしたもので、宿以外は何も決めていないものだ。

だが、途中で急用の連絡が入り、一日前倒しで帰ることになった。

夜十二時くらいまでに戻る予定で夕方に宿を出たが、大渋滞へ巻きこまれる。

家の近くまで辿り着いたのは、午前二時過ぎ。

家の前を走る道路へ入ったとき、父親が声を上げた。

「あれ？」

家の前がヘッドライトで照らされている。

その光の中に、人影が浮かび上がった。

父親が急ブレーキを掛けた。皆、固唾を呑んで目を凝らす。

「あ、あの人……」

人影の正体は、あの勧誘をしてくる親戚だった。

こちらを一瞬じろりと睨み付けたが、すぐに目と口を大きく開いて驚いた顔になった。

親戚は走り去ろうとする。車で後を追いかけたが、途中、どういうルートを通ったのかすぐに姿を見失った。

何故か親戚の両手にはレジ袋がぶら下げられていた。

中身が入っているようだったが、何だったのかは知らない。

げんなりしながら家に入ると、最近感じていた厭な雰囲気が消えている。

とりあえずと荷解きなどをし、お茶を飲むとすでに白々と夜が明けてきた。

陽の光が差し込む庭を見るともなく見ると、土が掘り返された様な痕跡を見つけた。

外に出て調べる。ソフトボール大の穴だった。

ここだけかと周りを見回すと、他にも跡がある。

門の裏、庭の数か所、トイレの裏、塀の内側数か所が掘られていた。

「まさか、あの親戚の仕業か？」

流石に黙っていられないと父親が憤って、自分の兄に電話を掛けた。

「兄さん、奥さん、いる？　なんか知らないが、うちに忍び込んでいたみたいだけど」

しかし答えは『いない。ここ数日、宗教の修行で泊まり込みをしている』、だった。

「帰ってきたら、二度とうちに来るなと伝えて欲しい」

そう断言し、電話を切った父親に、母親がこんなことを漏らす。

「あの人、もしかしたらうちの旅行予定、全部把握していたんじゃない……？」

だから留守を狙って忍び込み、何かをしていた。

しかし、旅行は突発的に一日前倒しになった上、渋滞で夜中になったことで、帰宅があの日のあの時間となった。それが親戚にとってイレギュラーな出来事だったのではないか。

「まさか」

父親は否定するが、どこか「その通りではないか」と思っているようだった。

今だったら盗聴器を疑うだろうが、その時は兎に角親戚の不気味さだけが勝る。

ただし、それ以来親戚は来なくなった上、異変も完全になりを潜めた。

そこだけがよかったと思えることだった。

「その後、私は結婚をしました。実はあの家族旅行って、私の婚前に父母と三人で水入らずの旅行をしようってものだったんです」

式や披露宴に父親の兄とその子供は来てくれた。だが、その伴侶であるあの親戚の姿はなかった。

「酷い話ですが、ちょっと安心したんですよね。……でも」

上条さんの顔が曇る。

「結婚してから一年くらい過ぎたときですね。結婚相手が、親戚が信心していた宗教の信者だって分かって。それが元で離婚になったんです」

考えてみれば、結婚後、やけに相手が子作りを強要してきた。

あの時、何かの間違いで子供が出来ていれば、今も婚姻関係は続いていたかも知れないし、もしかしたら彼女自身が入信させられていた可能性もある。

「今考えると恐ろしいですよ。まさかと思うんですが、私と付き合っていた相手だから、親戚に狙われて入信したとか……。それを知る親戚は、今はもういませんけどね」

いないとは、何だろう。

「ああ、あちらも離婚して、ひとりいた子供の親権は父の兄が取りました。その後、問題の親戚——元奥さんは何処かへ引っ越していったらしく、消息は掴めていませんね」

ただ、と再び顔が曇った。

「親戚が入信していた宗教ですが、当時、信者が何人も行方不明になっていたらしくて。家族ごと入信しているところは、全員がいなくなったって噂も聞きました」

件の団体は後に、教祖の死で幕を閉じた。

脳の病で、最後は錯乱して死んだと上条さんは聞いたようだ。

本当はどうかはよく知りませんが、と彼女は付け足した。が——。

泡沫

佐々木亜矢子さんは就職氷河期を体験している。

彼女は二〇一〇年、平成二十二年卒。

この時期から大学新卒者の就職が困難になった。

「この頃に起こった世界金融危機のリーマンショック、政権交代の影響ですよね。日本中で企業の倒産が増えましたし……兎に角、暗黒時代でした」

現在は商社に勤め、部下も少しだがついているという。

「ここだけの話、やりたい仕事ではありませんでした。当時は選り好みしていられなかったですし。転職も考えましたけど、今はやり甲斐を見つけたので、このまま続けようかなって」

童顔でスーツが似合わないと笑う彼女は、確かにまだ大学生でも通りそうだ。

「でも人を束ねるのに、それなりの威厳って言うのが欲しいんですけどね」

苦笑いする彼女に、ふと思い出したことをぶつけてみた。

企業からの買い手が異様なほど多かった時代――バブル期についてどう思うか、である。

「あー、羨ましいなぁと思う反面、その異常とも言える狂騒ぶりも知っていますからね。バブル時代を体験してみたいとか、余りないですね。あ、バブルと言えば……」


佐々木さんが入社したとき、指導係として就いたのは四十代の女性だ。

他の同期は数歳上の先輩である。自分だけ年の離れた相手だった。

その指導係の名は是永という。

スレンダーな体型で、顔には険がある。

しかし着る物や言動はどこか軽さが漂い、落ち着きがなかった。

周りの先輩たちが教えてくれる。

是永は所謂バブル時代に社会へ出た人間で、当時を引き摺っている節がある。

「是永さん、ずっと独身なんだ。男性を選ぶ基準がお金なんだよね。それもかなり高い水準の要求みたい。でも本人が自分の性格が悪いのを棚に上げているから、なかなかね」

確かに毎日顔を合わせていると理解出来る。兎に角、人の悪口と噂話が大好きで、それを利用した自分自慢が止まない。「あの人はこうだけど、私はこうだから」というパターンだ。聞いていて不快しか感じない。

また、言葉の端々からバブル期を美化している節が垣間見えた。

是永の相手をするのはとても苦痛だった。


入社から一年が過ぎようとしていた時だ。

是永と遠方へ一泊の出張となった。

担当の引き継ぎという名目である。

数社を回り終え、最後に訪問した代理店が夕食の席を設けてくれた。

地元の魚と地酒が出る店で、雰囲気もいい。

相手の会社の担当者とゆったり話しながら横に視線を流すと、是永の顔が真っ赤になっているのが見えた。杯を重ねるペースが上がっている。

二次会と称してカラオケスナックに連れて行かれたが、そこでも是永は水割りを何杯もおかわりしていた。「自分の払いじゃないから遠慮しないのだ」という失言もあり、厭な汗を掻かされる。

三次会まではいかず、ビジネスホテルへ戻った。

すでに是永は自分で歩けない。仕方なく部屋まで送ったが、今度は腕に絡みついてきて離してくれなかった。

「アンタ、もう少し付き合いなさいよ」

是永が大声を出す。隣の部屋に迷惑だ。

「分かりました。だから声のボリュームを下げましょう」

「なら、そこへ座れ」

ベッド脇にある椅子を指さすので、それに従う。

是永はベッドに座り、お喋りが始まった。「あの頃は」とバブル期の話だ。うんざりしながら何度か時計を見る。すでに午前を回っていた。

「ああ、そう言えばねぇ」

是永が半分目を閉じながら、手を打つ。

「バブル期にね、アタシ、人を殺しているの」

耳を疑った。しかし明確に「殺した」と繰り返している。

「殺した？」

「そーそー。アタシが殺した」

酔っ払いの支離滅裂な語りで、なかなか全容が見えない。我慢に我慢を重ねて一時間ほど聞き、漸く理解できた。

――バブル華やかなりし頃、是永には付き合っている男性が五人ほどいた。

自営業の社長が二人。大手企業社員が二人。不動産業がひとり。

ただし、付き合っていると言っても大人の深い関係まで進んだ相手は少ない。

自営業の社長のひとりと不動産業の男、二人だ。

両方とも外見はそこそこだが、五人の中では特に金回りが良かった。

他は当時の言葉で言うところの〈キープ君〉であったようだ。

そのキープ君の中に、是永に対し狂信的とも言える愛情を注ぐ人間がいた。

自営業の社長のあとひとりと、大手企業の社員のひとりだ。

二人とも外見はまあまあだったが、収入の点でポイントが低い。低いと言っても今現在考えると微々たる差であったが、当時はそれすらマイナス点に見えた。

「僕は、君のためならなんでもする。だから自分だけの恋人になって欲しい」

揃って似たことを言ってアプローチしてくる。

「なら、もっとお金持ちになって。私が一生贅沢して、遊んで暮らせるくらい」

是永の言葉に発奮した二人だったが、すぐに結果が出ない。

その焦りからか、彼らは前にも増して物を贈ってくる。

ブランドバッグやアクセサリー、腕時計。しかし是永は他人に横流しした。

それらはすでに社長と不動産業から貰っている。それも更に価値ある物を、だ。だから必要ないアイテムでしかなかった。

加えて、あの貢いでくる間抜けな二人を馬鹿にする目的もあった。

何がどうあっても是永は手に入らない。金を持ったアイツらがいる限り。そう察した二人は、また同時期に同じことを口にし始めた。

「僕はアイツらを殺すよ。アイツらがいなければ、僕を愛してくれるでしょ？」

出来るはずがない。この二人には決断力と実行力がない。だから金銭を得る力も他から落ちるのだと高をくくった。

「やれるもんならやってみなさいよ。それが出来る人間なら、ね」

是永は二人を煽った。

これがよくなかったのだろう。彼らは真に受け、本当に襲撃計画を練った。

だが、失敗する。経緯は分からない。が、それぞれ会社を畳んだり、辞めたりする羽目に陥った。

そして、二人とも自ら命を絶った。

元社長は首を吊り、元大手企業社員は飛び降りた。

死後、それぞれから是永に手紙が届いている。

どちらも便せん数枚に渡ってくどくどと何事か書き連ねていた。

元社長は〈君の愛が得られないから、僕は死ぬ〉。

元大手企業社員は〈僕の愛は君だけの物だから〉。

言いたいことはこれだけだったようだ。是永はその遺書とも言える手紙を何度か読み返した。それは二人に対する贖罪の念からではない。

（二人の男が自分を巡って争い、最後死んでしまった。それ程の価値が自分にあるのだ）

このような優越感を再確認するためだった。

ただし、この手紙の最後には二人共通する文言が残されている。

〈僕は死んでも、永遠に君の傍にいる〉


「これって、私が殺人教唆をしたんだよね？　だから、アタシは人を殺したの」

是永の言いたいことが大体分かった。

〈アタシを巡って男たちが争って、そして死んだ。アタシは凄い〉、だ。

殺人をしたという告白は単なる呼び水でしかない。

それにしても最低な内容だった。

「私、部屋へ戻りますね」

席を立とうとしたとき、是永が自分の両腕をこちらへ向けた。まるで子供が頂戴をするような形だ。彼女が口を開く。

「また、始まった」

何が始まったのだろう。

「ここ、手首、見て」

ビジネスホテル特有の、照度が少し低い灯りの下でも分かる。

手首の一部が白くなっていた。それは明らかな指の形だった。

唖然としている内、是永の腕が左右に広がっていく。

左右から誰かに引っ張られていくパントマイムのような動きだ。

両手首の指の痕は更に明確さを増していく。一部が鬱血したように赤くなっているのが見て取れた。

どうしたらいいのだろうか。言葉もなくその様子を見詰める。

「ほらあ、みてよ」

是永の視線が部屋の天井辺りを向いた。

何もない。埋め込み式の照明があるくらいだ。

「わかんない？　ふたりが、そこにいるんだよ」

分かる訳がない。そこにはただ何もない空間しかない。

「いったでしょ？　あいつら〈ぼくがしんだら、えいえんにきみのそばにいる〉って」

口調が平坦になってきている。いつもの話し方ではない。

「いたい。いたい。いたい。いたい」

是永は突然痛みを口にした。が、感情を伴わない声だ。それとは裏腹に、顔が激しく歪んでいく。その乖離ぶりが異様さに拍車を掛けた。

呆然としている最中、是永の腕がバタンと下がった。操り人形の糸が突然切れたような動きだった。

もうひと言も言葉を発しない。

声を掛けるべきか。それともこのまま部屋を出るべきか。

悩んでいると、是永は立ち上がり、窓際へ立つ。

カーテンを開け、黙ったまま外を眺めている。もうここには居たくない。

「それでは失礼します……」

廊下へのドアを開け、閉じるとき室内を振り返った。

窓際にいた是永がこちらを見詰めていた。

そして、部屋の照明が一瞬で落ちた。

スイッチはベッドの脇にあるはずだ。それなのに、消えた。

(どうして?)

ドアを閉められず、明るい廊下から中へ視線を向ける。

窓をバックに立つ是永のシルエットがハッキリ浮かぶ。

急に酷い悪寒に襲われ、慌ててドアを閉じ、部屋へ戻った。

何度か是永から携帯に電話が掛かってきたが、無視をしたことは言うまでもない。

そのまま一睡もせずに朝を迎えたが、翌日も眠気を感じることはなかった、と言う——。


「是永さん、翌日、全く何も覚えていなくて。私に電話を掛けたこともです」

仕事を全てこなし会社へ戻っても何ひとつ言わなかったし、こちらから訊くことでもなかったから、そのまま放置したと、佐々木さんは当時を振り返る。

「それから二年経たないうちですね。是永さんは会社を辞めました」

業務上横領を起こしたが、会社からの温情で自主退社扱いになったようだ。

その後、是永の同期だという女性社員が度々彼女の動向を話すのを耳にした。

仲が良かったので、今も連絡を取り合っているらしい。

同期曰く〈是永は退社後、地方へ引っ越した。そこで結婚を約束した男性が出来た。仕事は何度か変わった……〉。

特に必要ではない情報だ。とはいえ、相手は先輩。職場の雑談でもある。聞きたくないと断ることは難しい。だから我慢して聞いた。

そして二〇一七年、平成二十九年のことだった。

「是永、腕を切断しちゃったって」

先輩が言うには、是永は勤めていた工場の機械に巻きこまれ、右腕の肘から先を失った、らしい。

「何ヶ月も前のことだったみたいで、電話が掛かってきた。明るい口調だったから、きっともう大丈夫なんだろうね」

そんな訳ないだろうと思いながら、驚いた顔で誤魔化す。

その後、また是永の情報を耳にした。

「是永、結婚を約束した男に、貯金から何から一切合切持ち逃げされたって」

是永の同期は暗い顔をしていたが、声の響きに若干の喜びを感じたのは否めない。が、気付かないふりをして、やり過ごした。

現在、是永の消息は不明となった。

連絡が取れなくなったから、とあの同期社員が言う。

「是永が心配なんだ。アタシ、超、仲良かったし」

やはりその声には、どことなく愉悦の色があった。


私は佐々木さんに訊ねた。

そちらに是永から連絡は一切無いのだろうか。

「ないですね。こちらから連絡を取ることもありません。番号もアドレスも消しました。個人的には、もう、是永さんのことは聞きたくないですし。悪いと思いますが」

だからこれ以上は分かりません、ごめんなさいと、彼女は私に頭を下げた。

第三章

令和

慶祝

豊島智美さんから電話が掛かってきた。
『久しぶり！』
彼女は三十を過ぎてから、東京を離れた。
実家のある中国地方ではなく、今は四国に住んでいる。
こうしてたまに電話やメールを送ってきて近況報告してくれるのだ。
『いやあー、ちょっと面白いこと、聞いたよ』
一体どうしたのかと訊けば、くすくす笑ってなかなか話さない。
笑い上戸な彼女だから仕方がないのだ。
少し待つと、漸く話が始まった。
豊島さんの元に、実家の母親から電話が入った。

『智美、面白いことがあったよ』

実家の仏間で、少し変わったことがあったらしい。

彼女の実家は割と大きく、仏間には大きな仏壇と、壁の上にはそれを囲むように遺影がずらりと並んでいる。

ある日の夜中、仏間から騒がしい音が聞こえた。

窓が震えて出すようなガタガタした音だ。静かな家の中に響き渡るほど大きい。

音の出所を探ると、仏間のようだ。

実家の父母が仏間へ通じる襖を開けると、音は止んだ。

ふと畳の上に何かが落ちている。

仏壇にお供えしていた果物と、おりんのリン棒が落ちていた。

拾って元へ戻すが、何故か何度も転がり落ちる。

数回目のとき、仏壇の向かい側から風が吹き出した。

振り返ると隣の部屋に通じる襖が僅かに開いている。

そこから空気の流れが生じているのだろう。

しかしさっきまで開いていなかったように思う。

気になるので母親が閉じに行けば、何かがかかとに当たった。

振り返ると、仏壇に何度も戻した果物だ。

父親が言うには「仏壇からまた落ちて、拾おうとしたらあれよあれよと転がっていって、お前の足に当たった。まるで後を追いかけているようだった」。

途中で明らかに蛇行したから、普通の動きではなかったようだ。

『……こんなことが何度もあってね』

「へー、不思議だね」

娘の反応に気をよくしたのか、母親がこんなことを口走った。

『ほら、お祖父ちゃんお祖母ちゃんとか、お祭り騒ぎ好きだったじゃない？　お父さんの家系はずっと昔からそうだったんだって』

話の筋が繋がらない。

「どういうこと？」

母親は笑いながら説明してくれた。

『多分ね、新しい元号に変わって、亡くなった皆がね、お祭り騒ぎしたのよ。それが音とか、転がる果物とか、開く襖とかになったんじゃないかなぁ』

仏間の音が始まったのが、令和元年になった夜中の十二時から。

両親も新時代が始まると言うことで興奮し、その瞬間を起きて待っていた。だから音にも気がついたし、すぐに仏間に駆けつけられたのだ。

『きっと〈令和万歳！〉とか言いながら騒いでいたんじゃない？　生きてる人と同じよ』

なるほどそうかと腑に落ちると同時に、朗らかな気持ちになった。


『……ってことを聞いてね』

とても楽しい怪異譚に、私は興奮した。

『でしょ？　そういえば私も起きてて、令和に変わった瞬間、祝杯挙げたもん。あなたは？』

令和に変わったとき、私は……怪異譚の現場で取材をして、その後原稿を書いていた。

そのことを話すと、彼女が吹き出す。

長々笑った後、労いの言葉を貰った。

『あなたらしいね。ふふふ。でも、それもまた令和元年の感じがある』


新しい時代もよろしくと、豊島さんはまた笑った。

写真

石井結衣さんと初めて会ったのは、池袋駅だった。
分かりやすい待ち合わせ場所として指定されたのだ。
時間より少し早く行く。待ち人が多い。
まだ顔を知らないこともあり、着いたらメールをする約束だった。
早速スマートフォンを取り出すと、着信がある。
見れば、石井さんの電話だった。
折り返すと、すぐ近くの女性が耳にスマートフォンを当てる。
お互いに察し、電話を切った。
背が少しだけ低めの、普通の女子大生だ。
自己紹介をし合い、近くのコーヒーショップへ入る。
雑談を交わした後、彼女が居住まいを正した。

「とりあえず、聞いて下さい」

石井の家には、二枚の写真があった。

両方とも大正時代のものらしい。モノクロ写真が黄ばんだような色合いになっている。

一枚はどこかの街並みの風景で、当時の人や、人力車、大八車などが写っている。

もう一枚は人物写真で、椅子に座った和装の女性と、その横に立つ、三つ揃いの背広を着た髭の男性だった。

女性は若く少女のようだ。男性は壮年で、父娘のような雰囲気がある。

写真館で撮って貰ったような感じか。

両方に裏書きが残されているが、片方は細筆と墨、もう片方は付けペンらしき文字だ。

風景写真には〈大正十二年　八月〉とある。

大正十二年八月と言えば、関東大震災の少し前だ。

もしかしたら震災前の街並みかと思うが、ここが何処か分からない。

もう一枚の人物写真は付けペンの文字で〈大正十五年　十月〉〈妻　ゑい　と〉。

と言うことは、男性はかなり年若い——少女のような——女性を娶ったのだろうか。

二枚の写真のうち、風景写真について何も情報が残されていない。

ただ、人物写真に関する話が、石井家に伝わっている。

写真の男性は、大正期に石井家に嫁いできた人物の遠縁である。

掘という苗字で、当時何やら大金を持っていたそうだ。

それは真っ当な稼ぎではなく、何か阿漕《あこぎ》なことを繰り返して得た金であった。

関東大震災の後、災害を利用して更に焼け肥りをしたようだ。

ただし、震災直後に正妻が亡くなった。

当時、彼には妾《めかけ》が数名おり、それぞれに家を買い与えていたという。

しかし正妻を含めどの女性との間にも子を成すことができなかった。

掘は我が子を求めて止まなかった。

目的は、後を継がせよう、や、自分の愛情を注ごう、ではない。

我が子を得たら、自分はどう感じるのかと、それが気になっているだけだった。

金があれば何でもできると思っていた彼は、以前の妾を切り、新たな女性たちを迎える。

どれも年若い女性――少女に近い年齢だった。

全部で五名だったが、下は十五、上は十七歳程度。

掘が自身の好みで選び、金で買ってきた少女たちだった。

だから全員の容姿はとても似通っていた。

震災から二年も過ぎない辺りで、妾全員が子を産んだ。

男児、二。女児、三。

最初に男児を産んだ〈ゑい〉を正妻にした。

そのときに撮影されたのが、件の写真である。

元々、掘は妾たちにある約束をしていた。

〈お前らの中で最初に男児を産んだ者は、俺が死んだら財産をやるぞ〉

ゑいは掘の妻となり、他の妾たちはそのままの立場で暮らすことになった。

が、半年経たずに全ての子が死んだ。

流行り病だったとも、怪我が悪化して死んだとも言われている。

掘は悲しむことがなかった。

何故ならば、子へ愛情はなかったし、例の〈男児を産んだら〉の約束を反故にする口実にできたからだ。

掘の結論は〈子は要らない。妾たちを囲うだけで十分〉だった。

ところが、あるとき、妾らが隠していたことが発覚した。

掘の他に男がいたのである。

無垢な少女として買われてきた彼女たちであったが、その実、強かな部分も持ち合わせていた。

掘の持つ金を得るために誰よりも早く子を成さなければいけない。

しかし、掘そのものは毎日やって来る訳でない。

そもそも、壮年になるまで親となることがなかった人間である。

ならば、と、外部から男を引き入れた。

結果、ほぼ同時期に懐妊したのである。

もちろん掘は激怒した。

自分が女にした、自分だけの女だと吹聴してきた、面子を潰された。

彼は持てる力を使い、相手の男たちを拘束、それなりの代価を支払わせた。

妾たちも全員が売られた。もちろん、ゑいもだ。

ゑいにも密通していた男がいたが、彼女は頑なに「自分は違う」と抵抗していたらしい。

彼女の相手は、子供の頃仲の良かった同郷の男だった。

これがいけなかった。

掘はゑいと男に対し、激しい憎悪を向けた。

〈ゑいは己に嘘を吐いたのだ。何も知らない顔すらして、騙したのだ〉

ゑいは売られ、男は二人は激しい折檻を繰り返し受けたのだが、途中からその足取りは掴めない。

殺されたのだと言われている。

掘は再び妾を集めた。

今度は少女から後家まで年齢層が更に広がった。

共通項は〈震災で身寄りがなくなった、或いは、夫を亡くした〉人間だ。

全部で十名ほど。彼が持つ家五軒に二人ずつ住まわせる。

お互いを監視させるためだ。

〈もし、相手の女が己に不義理を働いたら密告せよ。家と金をやるぞ〉

元々困窮していた彼女たちは貪欲で、お互いを常に牽制し合った。

当然、他の男と……など無理な話で、掘の狙い通りの効果が出たことになる。

しかし、掘には別の悪名が広がり始めていた。

〈アイツは子も成せない、男の出来損ないだ〉

体面を気にする彼は躍起になって噂を否定したが、事実、子はいない。

金に飽かし妾以外にも手当たり次第手を付けたが、それでも子ができない。

彼は神や仏に願掛けすら行ったが、それでも効き目はなかった。

ついには街中の怪しい拝み屋を頼り、沢山の金を積んだが何も起こらない。
拝み屋に対し、掘は激高。インチキ呪《まじな》い師め、殺してやろうと脅した。
そこで拝み屋はあることを持ちかけた。
〈他者の命を使う呪いがある。それなら子ができる〉と。
掘は了承し、妾たちの命を使えと拝み屋へ命令した。
それから一年待たずに殆どの妾は息絶えた。
呪いのせいなのかどうかは知らないが、病気や自死が多かったようだ。
しかし掘に子はできず、結果、拝み屋は街から姿を消した。
掘は妾を作ることも、また、子を成すことも止めた。
その後、彼は惨殺された姿で見つかった。場所は自宅だった。
顔は潰され、両手足の先は切断され、持ち去られていた、らしい。
胴体は腹を縦に断ち割られ、内臓が飛び出していたとも言う。
金や物はそのまま残されていた。
怨恨か、何かの見せしめか。掘の生き方なら仕方がないと誰もが納得した。
殺されたのは深夜であろうとのことだが、こんな話もある。
〈掘が殺された晩だが、真夜中に奴の家から女たちの笑い声が聞こえてきて煩かった〉

複数の女性の犯行ではないかと推察されたが、結局、犯人は捕まらなかった。

掘の遺した金がどうなったかはっきりしない。

すでに時代は明治となっており、時代の波が押し寄せていた時期であった。


「写真には、こういう話が付いているんです」

石井さんが一息つく。

彼女の家と二枚の写真。そして掘。業が深い話だ。

「全部が真実だと思わないですよ。全部が、は」

彼女は至って冷静だった。が、何か奥歯に物が挟まるような物言いだ。

気になったので、そのことを伝える。

「そうですねぇ……。これもまたちょっとアレな話なんですが。写真がうちに来た事情が……」


昭和中頃だっただろうか。

石井家に封書が届いた。

住所は合っているが、宛名を微妙に間違えている。

差出人部分は名前だけがあったが、見覚えがない。

中には達筆なペンの手紙と、件の写真二枚が納められていた。

手紙にはこうあった。

『写真の男性の遠い親族が嫁いできた家だと調べた。この二枚の写真を送るので、供養してやって欲しい。ただ寺には持っていかず、家の仏壇で水と線香を上げてやってくれ』

意味が分からない。

石井に嫁いできた人間で、心当たりがあるのは数名。

何人かに確かめると、あの〈掘とゑい〉の話を知っている人物がいた。

遠い所に移り住んでいたので、一度写真を送ってみたが、すぐに返送されてきた。

『写真を見ても掘であるか、本当のゑいであるか分からない。風景写真も見覚えがない』

ただ、とその人物が知る掘の話が送られてきた。

妾たちとその死に様についての内容は、俄には信じられないようなものだった。

「どれが真実かどうか。悪戯かも知れないので、供養はしない」

当時の石井家家長が決定を下す。

差出人不明の封書と、親戚からの手紙は箪笥の奥深くに仕舞われた。

ところが、夜になると家長の元に異様なものが訪れ始めた。

和装の女たちだ。

夜中、息苦しくなり目を覚ます。

何かが目の前にあった。

女の顔だった。そっとこちらの顔を覗いている。

口を窄め、魚の匂いがする息を吹きかけていた。

一瞬夢だと思ったが、違う。やはり自分は起きている。

大声を上げて飛び起きると誰もいない。

隣で眠っていた妻が心配した声を掛けてくるが、今し方あったことを説明しても信じて貰えなかった。

しかしそれから数日おきに女が出るようになった。

毎回同じだ。

和装で、口を窄め、魚臭い息を吹きかける。

しかし、それぞれ顔が違う気がした。どれも雰囲気は似通っているが、別人だ。

ある晩、ついに妻も目撃した。

妻曰く「あなたの枕元に着物の女の人がしゃがみ込んでいて、何かしていた。こちらの視線に気付くと、凄い顔で睨み付けて消えた」。

これは駄目だ、よくないと家長は悩んだ。
「原因はあの写真ではないか？」と結論づけ、供養を始めた。
それからは女の出現はぴたりと止まったが、水と線香を怠ると出てくるので困った。
また、供養を真面目にやっていると何故か泡銭が入ってくる。
逆に供養をサボると急な出費が重なり、金が嵩んで出て行った。
どちらにせよきちんと供養した方が良いと、写真の世話を家長がすることが決まる。
そのおかげか、石井家は次第に資産が増え始めた。
確かバブル期まではある程度裕福だったようだ。
しかし、バブル崩壊少し前に二枚の写真は燃えた。
仏壇の火の始末が悪かったからと言われているが、実際は違ったようだ。
火の気のないところで、写真だけが燃えていたのだから。
これはよくないことがあるのではと、家の者全員が戦々恐々とした。
そこへバブル崩壊の余波が石井家を襲う。
様々なものを手放し、漸く落ち着いた頃には中流家庭程度になっていた。
写真が燃えたせいなのか、あの女性たちが出ることはなくなった。

「こういうことがあった、って。もちろんこれも全てを信じたくないですけど、でも」

石井さんは二通の手紙を見たことがある。

一通は親族から届いた〈掘の話〉の手紙。

もう一通は〈供養を頼む〉手紙だ。

「でも、どうしたのか、どちらも焦げているんです」

全体の半分が燃え落ち、なくなっていた。

箪笥の中から取り出したら、いつの間にかこんなことになっていた、らしい。

読めるところだけを拾い読みしたが、確かに聞いた内容に思える。

彼女はふとひとつ思いついてしまった。

(掘って人、本当に殺されたのかな?)

顔が潰され、手足がない死体を見て、本人だと確認できるのだろうか。

明治時代はまだＤＮＡ鑑定もない。

何か、掘と確定するような理由があったのか。それとも単に決めつけてしまったのか。

もしその遺体が掘ではないのだとしたら、彼は何処へ行ったのか。

真相は藪の中だ。

「でも、それ以外に気になることが。それまで聞いていないことがひとつ書いてあって」

供養を頼む手紙の最後辺りだろうか。

ペンの文字で、一行。

『もう手に負えなくなったから、後は頼む』


令和になってから、焦げた手紙二通は寺へ納められた。

持っていて何かあったら厭だからと家族が決めた、そう石井さんは言う。

「でも手紙をお寺へ持っていった晩、祖父が急死しちゃって」

遠く離れた土地に住む父方の祖父の訃報を、夜十時過ぎに電話で知った。

発見したのはその妻である祖母だった。

仏間で倒れているのを見つけたらしいが、その顔はいつもの優しい表情ではなかった。

まるで鬼のような様相であったそうだ。

「タイミングが……厭ですよね。でも、そんな昔のことが影響するのかな?」

自問自答するような口調で、私に訊く。当然答えられない。


あーあ、厭だなぁ、厭ですよね、と彼女は何度も繰り返した。

越境

吉岡茉莉恵さんは二十五歳の女性だ。
平成に入ってから産まれた、所謂、平成世代である。
背が高くスマートだ。そもそも腰の付け位置が高い。羨ましいスタイルだと思う。
「ああ、私の父——も、母も背が高かったですから。そのせいかも知れません」
微笑む彼女の口から、珍しく〈母〉という言葉が出る。
娘と母親の関係は難しいものだ。
幼い頃は慕い、反抗期辺りでは逆らって、社会に出ると次第に仲直りする。
男性のパターンと似ているが、女性同士であることが深い影を落とし、歪みを生む。
私もそうだった。
しかし、彼女から聞くケースは、少し違っているように感じる。
では、その話を記していこう。

彼女が小学校に上がる少し前、父親が他界した。

突然死だった。

片親になったことを、小学生になってから否応なく実感させられたのを覚えている。

各種イベントや宿題など、父親が関係するものが多かったからだ。

両親が離婚する家庭は珍しくなくなっていたから、周りの人たちの対応は自然であった。

けれども、父親がいてくれたらよかったのにと、何度も泣いたと言う。

そんな寂しさが癒えない時期、確か小学校三年生の時だった。

母親がひとりの男性を自宅マンションに連れてきた。

マサキと名乗るその男は、母親の職場に来ていたバイトだった。

年齢は二十三歳。母親よりも十一歳も下だ。

外見は、当時その辺で歩いている普通の若者と言えた。が、細くて小柄だ。背が低い。

母親がヒールを履いて並べば、頭半分以上差が出るだろう。

(お父さんは、凄く背が高かったな。それにガッシリして、かっこよかった)

思い出の中の父親と比べてしまう。

それを知ってか知らずか、母親は男の紹介を始めた。

「この人はマサキくん。今日から一緒に住むからね。仲良くしようね」

嬉しそうに笑う。心の整理が付かない。亡くなった父親はもうどうでもいいのだろうか。それとも何か他に理由があるのだろうか。

どちらにせよ、彼女にとってマサキは異物でしかなかった。

彼がひとりでリビングにいるので、見たいテレビがあっても入れない。

自室として与えられていた部屋のドアを勝手に開け、中を覗き込んでくるのも厭だ。

お風呂やトイレに入っているとき、扉の前に彼の気配がするともう出られない。

母親と一緒ならまだ我慢が出来たが、それも途中から厭気がさした。

マサキと母親の物理的な距離が近くて気持ちが悪くなったからだ。

加えて、マサキの喫煙も気に入らなかった。

母親は嫌煙家で、外では絶対禁煙席に座る人だったのだが、彼が部屋の中で煙草を吸うのを黙って見ている。いや、逆に容認しているようだ。

また、二人が酒を呑む姿を見せられるのも気になった。

以前の母親は一切アルコールを飲まない人だったのに。

そして、夜、母親がいつもの時間に仕事から帰ってこないことが始まった。

心配しているとマサキと二人で戻ってくる。部屋中に煙草の臭いが一気に広がった。二人でパチンコへ行って来た、負けたと笑っている。

休みになると二人で何処かへ出掛けていき、帰ってくるのは夜遅くだ。

酒や煙草、知らない臭いをたくさん漂わせながら、二人はソファで笑い合っている。

綺麗好きで料理が得意だった母親は、部屋の掃除も、キッチンに立つことも、さほどしなくなった。家はどこもかしこも薄汚れ、シンクに酒の缶や瓶が放置されている。

母親のどの姿も父親が生きていた頃に見たことがない。そもそも父親は酒や煙草、ギャンブルは一切しない。そして休みは家族皆で出掛けたり、食事したりするのを楽しみにしている人だったのだから。

(ここは自分の家じゃないみたい)

母親も、毎日の生活そのものも、マサキに侵されていると感じた。

何処かへ出て行きたいが、父方母方、どちらの祖父母の家も遠い。親戚もいない。友達の家に転がり込むことも出来ない。事情を知られるのが恥ずかしい。

(ああ、そうか。お祖父ちゃんとかお祖母ちゃんに電話しよう)

助けを求めるため、家電話に入力してある祖父母宅の番号を探す。しかし、見つからない。思い出そうとしたが、思い出せない。

助けを呼べないまま、ただ、耐えるほかなかった。

だが、ついに我慢の限界が来た。

五年生くらいの頃、マサキと母親を前にして、大暴れをしたことがある。

それぞれに不満をぶつけ、二人の持ち物を投げつけ、破壊していく。

マサキの持ち込んだゲーム機をテレビから引き千切り、床に叩き付けた。その瞬間、彼から殴られた。さほど痛くなかった。が、口の中を切ったのだろう。鉄の味が広がっていく。驚きで呆然と床に座り込んでいると、マサキは何事か叫びながらゲーム機をチェックし始めた。

母親が近づいてくる。ああ、口の中の怪我を心配してくれたのか。

泣きそうになったところを、殴られた。今度はあまりの痛みに目の前がチカチカする。

「謝んなさい！」

母親が髪を掴み、フローリングの床に頭を押しつける。

この子がごめん。マサキくんのゲーム、新しく買うから。赦して。母親の猫なで声が上から聞こえた。マサキは何か文句を連ねている。母親は泣き声で謝り続けた。

（ああ、これはもう駄目だ）

彼女は全てを理解した。

母親にとって、自分と父親はもう大事ではないのだ、と。

以降、母親とマサキの暴力は恒常化した。

自分たちの意に沿わないと感じたような時、すぐに手が出る。

マサキは怒声と共に叩くが、あまり痛くない。弱々しい。しかし押さえつけられると、とても厭な気分になる。厭らしい触り方をされるからだ。

母親が殴ることはマサキより少なかった。

どちらもコブや痣にならないように手加減だけはしているようだ。が、叱るための叩き方ではない。痛みを与えたいだけの殴り方だと感じた。

俗に言う虐待であったが、何故か飲食物だけは十分に与えられる。

前のような母親の手作りではなく、コンビニやスーパーの出来合いだけだったのだが。

「コイツ、ちゃんと喰わせてやろうよ。痩せ細ると外で何を言われるか分かんねーし」

マサキなりの知恵だったが、狡猾というにはあまりに稚拙さが目立つ。

しかし母親はすぐに賛同した。

「そうだよね。ちゃんとしなさいよ！　外で誰かに何か言ったら、どうなるか分かってるでしょ？　絶対に何も言わないように」

二人は自分たちのことが外部に漏れるのを極端に怖れていた。

ここで祖父母たちの番号がなくなっていた理由がなんとなく理解出来た。

（そうか。そうなんだな。外の大人に相談すると、もっと酷くなるんだ）

だから、彼女は口を噤んだ。我慢をして暮らすことを選んだのだ。

生きるためだけに。

その最中、遂に父親の遺影と位牌があった仏壇がなくなった。

訊くと殴られるから黙っていたが、何処かへ処分してしまったようだ。

仏壇のあった部屋は、マサキのフットサルの道具、服や靴、漫画などが置かれるようになった。逆に父親の遺品がどんどん消えていく。

母親は元へは戻らないのだと漸く理解した。


小学六年生の秋だった。

夜、彼女がボンヤリ自室で座っていると、部屋のドアがゆっくりと外へ向けて開いた。

（アイツ、帰ってきたの）

朝から母親と出かけていたが、戻ってきたのか。そして、いつものように母親の目を盗んで、厭なことをしに来たのか。

倦んだ気持ちで廊下を眺めた。
「……え？」
違った。否。それ以前の問題だ。
ドアの向こうは廊下ではなく、真っ黒な空間になっている。
よく見れば、外開きの扉が姿を消している。
丁度、部屋の向こうがスパッと黒に切り取られたような感じだ。
〈…………………〉
何かが聞こえた。聞き取れない。波打つ電子音のようだ。
〈…………まりえ〉
自分の名前を呼ばれている。男の人の声だ。しかし聞き覚えがない。
〈……まりえ……まりえ〉
何処か遠い所から呼ばれているような、そんな響きも感じる。
〈まりえ、まりえ、まりえ、まりえ〉
誰なのだろう。いや、それ以前に目の前にあるこの黒い空間は何なのだ。
「だれ？」
やっとの思いで口を開く。

ピタリと呼ぶ声が止み、ドアがまたゆっくり閉じていった。

立ち上がり、恐る恐るノブを回す。

外へ出ると、いつもと変わらない、物が放置された廊下があるだけだった。


廊下の向こうにある黒い空間と謎の声は、母親とマサキがいないときに限って起こった。

声が止むと、ドアが勝手に閉じ、元に戻る。

最初は恐ろしかったが、途中から慣れてしまった。

ただ、ドアが開き、その向こうに真っ黒い世界があって、声だけがする。

母親とマサキのような害はないのだ。逆に安堵を覚えてしまう。

とはいえ、流石にドアへ近づくことは出来なかった。多少の忌避感が残っていたのだろう。それでもあの空間と声は逆に癒やしすら感じさせる。

それに気付いた時、彼女は気付いてしまった。

(私は、この世に生きていたくないんだ)

死んだら全てが終わる。もし死体を殴られても、厭なことをされても、死んでいたらきっと何も感じない。そうだ。日々の中で自分の思考を鈍磨させて、何も感じないぞと頑張らなくてもよくなる。

自分が死んでも、世の中は回り続けるし、影響なんてあるはずがない。それがきっかけで母親やアイツが社会から後ろ指をさされるようになっても、もう無関係なのだ。

ああ、そうか、一番楽なのは、私が死ぬことなんだ。

(じゃあ、どうやって死のう)

久しぶりに生き生きと思考している。

少しだけ嬉しくなって、笑った。自分でも思いもよらないほど、愉快だった。

くすくすと肩を揺らしていると、後ろで何かが動く気配がする。

振り返るとドアが開き、あの黒い空間があった。

〈……まりえ……まりえ……まりえ……まりえ……〉

あの声が聞こえる。

〈まりえ……まりえ……まりえ……まりえ……おいで……おいで……〉

いつもと違う言葉が混じる。

おいで、とは、その空間へ来いと言うのか。

もしかしたら、そこへ入れば、死ねるのか。

立ち上がり、声の誘うままにドアを目指す。

部屋と空間の境界線が近づいてくる。

あと一歩でそこを越える――その時だった。

後ろから何かに引っ張られた。強い力だった。思わず尻餅をつく。

背後を確認するが何もいない。

混乱しながら立ち上がると、ドアが閉まったところだった。

慌ててノブを回し、外へ出るが、いつもと変わらない廊下しかなかった。

その日を境に、空間も声も止んだ。

そして、一週間ほどして、母親とマサキが家からいなくなった。

テーブルの上に五千円札一枚が乗せられている。手紙が添えてあった。

『沖縄で、二人でお店をやることになりました。お店が上手くいったら迎えに行きます。

それまではこれで御飯を食べてね』

五千円でいつまで食べられるというのか。光熱費や家賃はどうなっているのか。

呆然としていると、家電話が鳴った。

表示された番号は、市外局番だ。

相手は誰だろう。営業電話かも知れない。

(誰でもいい。私の話を聞いて欲しい)

縋るように電話を取る。幸いなことに、父方の実家だった。

今、自分が置かれている現状を全て話した。もう何を訴えても大丈夫だと判断したからだ。目の前の靄が晴れるような気がして、涙が出始めた。


翌日の夕方、父方の祖父母が来てくれた。

「こんなことになっているとは」

飛行機で何時間もかかる距離で、葬儀以降なかなか来られなかったと詫びられる。なくなった父親の仏壇について恐る恐る話すが、二人から怒られた。

「まず生きている茉莉恵だ！　お父さんもそう思っている！」

彼女は父方の祖父母宅へ引き取られた。

その後、母親とマサキに対し、法的措置を取ったような話を聞いたが、詳細は知らないし、理解もしていない。聞かされるとき、心がストップを掛け、頭に入らなくなるようだ。心の動きが元に戻るまで、何年も掛かった。

「それから大学まで出させて貰って、社会人になりました。今、父方の祖父母に恩返しをしているところです」

吉岡さんが微笑む。

思い出したくないだろうが、お母さんとその相手はどうなったのだろうか。

「あー……。一応、大人になったので、祖父母から少しだけ聞きました」

まず、マサキは現在全身不随になっている。

首から下が麻痺し、まともに動けないらしい。どういう事情でそうなったかまで聞いていない。彼と同居していた時を思い出してしまいそうになるからだ。

母親は実家から縁を切られ、何処か遠くで働いている。

健康状態が思わしくないらしいのだが、それでも自分が生活をするために無理をしないといけないようだ。

実は一度だけ母親の声を聞いたことがある。

高校生の時だった。

家電話に着信が入った。表示された番号は携帯のもので、彼女は宅配便か何かだと思い、受話器を取ってしまった。

「もしもし」

『ああ、茉莉恵ちゃん？　茉莉恵ちゃんだよね？　元気にしてる？』

母親の声だ。すぐ分かった。少し掠れているが、忘れようがない。

思わず思考停止し、固まってしまう。

『いつも電話を切られたり、着信拒否をされたりするから、新しい番号の携帯を契約した……』と言うようなことを捲し立てて来た。

祖父母が防波堤になってくれていたのだ。

『今、お祖父ちゃんとかいる？』

漸く身体が動いた。無言で切る。すぐに番号を拒否設定した。

（一体なんだったの）

心を落ち着かせようとしていると、チャイムが鳴った。

「茉莉恵ちゃん、開けてよ！　電話切るなんて酷い」

玄関から母親の声が響き渡る。

身体が固まる。どうしてあの女がここにいるのだ？　この家の場所はなんで知っている？　ああ、お父さんが生きていたときに来たことが。携帯から電話が来ていた。そうか、だから近くまで来て掛けてきたのか――様々な思考が乱れ飛ぶ。

「茉莉恵ちゃん、お願い。顔を見せて」

厭だ。絶対に開けない。家中の戸締まりはしていたはずだ。入ってこられない。このまま無視してやり過ごすんだ。

「茉莉恵ちゃん、聞いて。あのね。お父さんがね」

お父さん？　何のことだ。

「お父さんがずーっとお母さんの所にね」

出てくるの、と聞こえた。

出てくる？　夢で？　いや、口調からして違う。

「お父さんがいろんな所に出て来て、私に地獄行きだ、地獄行きだって言うの」

妄言としか思えない。

「ねぇ、助けてよ。お父さん、茉莉恵ちゃんが出ないでって言えば、出なくなるの。そしてお母さんが茉莉恵ちゃんと暮らせば、赦してくれると思うの。きっとそうなの」

そんなことがあるか。今更何を言っているのだ。

母親は大声で何時までも叫んでいる。

どれくらい経っただろう。玄関で言い争いが始まった。

祖父母が戻ってきたのだ。

警察を呼ぶぞ、二度と来るなと祖父が怒鳴りつけている。

少しして静かになった。

祖父母が家の中に入ってきて、彼女の姿を見つける。

祖母が駆け寄ってきて、抱き締めてくれた。そこで漸く落ち着きを取り戻せた。

電話の件と玄関先のことを話すと、祖父母は苦い顔を浮かべる。

「言いたくはないが、本当かも知れない」

時折、祖父母は同じ夢を見る。

死んだ息子——彼女の父親の夢だ。

父親は怒りながら何処かを指さし、何かを訴える。だが、言葉が聞こえてこないので理解出来ない。途中で諦めたのか、〈地面の下へ歩いて消えていく〉。

「こういう夢を見た朝は、大概、お前のお父さんの位牌が落ちているんだ」

彼女を引き取ってから新たに作った位牌だ。

「あいつは、まだ成仏せずに、何かやっているのではないか」

怒りとも悲しみとも付かない表情だ。その横で祖母が涙を拭っている。

ああ、どうしてこんなに皆が不幸な気持ちにならなくてはいけないのか。

彼女には憤る他に出来ることがなかった。


「でも、ここ最近、一年くらいの間に、私も父の夢を見るようになりました」

吉岡さんが嬉しそうに言う。

聞けば、極偶に父親が夢に出てくるようだ。

真っ暗な場所に二人、佇んで何かを眺めている。

景色がないので、何を見ているのかは分からない。

父親は亡くなった時の姿で、自分は今の姿だ。

祖父母の夢と違うのは、父親が喋ることだろう。

〈成長した姿を見られて嬉しい〉から始まる。

次に〈約束をして欲しい〉という。

〈この先、お前の母親やその相手になった奴に対して、二つの言葉を使ってはいけない〉

どの言葉？　どういう訳？　訊くが口が重く、なかなか教えてくれない。

〈○○○○○と△△△△。これは駄目だ〉

典型的な罵りの言葉だが、普通に生活していて使わない類のものだろう。

〈もしこの二つを奴らに対して「口に出せば」、茉莉恵はあそこを越えて〉

そこでいつも目が覚める。


「あまり意味が分からない夢でしょう？」

あそこを越えて、とは一体。

「それが一番不明な点ですよね。意味が通らないというか」

では、その二つの言葉を教えて貰えないだろうか。

「うーん、二人に対して口に出すなってことだから、教えるのは大丈夫かも知れませんね」

しかし、言葉を発する段になって、彼女は急に咳き込みだした。

何時までも続く。水を二杯飲んで漸く収まった。

「……言うなってことでしょうか？」

なら、書くのは？　とノートとボールペンを差し出す。

ああ、それならと彼女はペンを握るが、インクが出ない。

下ろしたばかりのものだから、先端が保護されているのかも知れない。返して貰って私が試すと、スムーズに線が引ける。

もう一度お願いするが、再びインクが出なくなった。

他のペンも同様で、はたと困ってしまった。

少し考えてみる。

テーブルに指で書いて貰い、それを私が読み取り、ノートに記すのはどうだろう。

「それならいけるかもしれませんね」

彼女がゆっくりと右手人差し指で大きくテーブルの上をなぞる。

全部ひらがなだと言う。ひと文字ひと文字読み取り、書いていった。纏めた後、一部漢字に変換する。二つの言葉が完成した。

これでいいかと確かめると、彼女は頷いた。

どちらも人を罵倒するときや、恨み言を言うときに使うかも知れない。

いや、彼女が母親やその相手に対して発するのなら、口にしても違和感がないだろう。

「どちらにしても、言わないように気を付けます」

それがよいですねと私は頷く。

「ですよね。……でも、あの、聞いてくれますか？」

思い詰めたような表情だ。先を促す。

「私、多分、結婚出来ないし、子供も作りません」

何故だろう。

「男性と恋人になれませんし、そもそも男性とお付き合いしたり、婚姻関係を結ぶことを願ってはいけない人間ですから。それに……父や祖父母には悪いけれど、半分入っている母の血を残したくないので」

どう答えて良いのか。こちらの戸惑いを察したのか、言葉を繋いでくれた。

「令和に入って、児童虐待とか実の子を殺したニュースが多いじゃないですか。ああいうの見ていて、思うんですよね。なら、最初から産まないで欲しいって。……ほら、私もそっち側だから。よく考えていましたよ。産まれて来たくなかったなぁ、って」

取材をした夜、私の人差し指に無数の切り傷があることに気がついた。

原因は分からない。

思い当たる節があるとしたら、あの二つの言葉を書いた方の手の指だと言うことか。

だから、この本に例の二つの言葉は書かない。

ご了承頂けたら、幸いである。

未決

ある女性がいる。

年齢は二〇一九年――令和元年で三十歳。平成元年生まれだ。

彼女の情報はこれくらいにしておきたい。

名前は、他の方々と同じく仮名にする。

ここでは姫野彩香さん、としよう。


姫野さんは父親がいない。

そればかりが両親それぞれの祖父母や親族ですら顔を合わせた試しがない。

「お父さんとか、他の親戚は?」

母親に訊ねると決まって同じ答えが返ってきた。

「お父さんはいない。親戚全員、遠い所にいるから、会えない」

だから、幼い頃からずっと母親ひとりによって育てられた。

普通、シングルマザーだと困窮するケースが多い。自治体などからの援助があったとしても、どこかを切り詰めない限り、破綻してしまう。

しかし、彼女の家はどういう事情なのか、金銭で困ったことは一度もなかった。

お陰で何不自由なく生活が出来、大学まで出させて貰っている。

家も持ち家で、部屋数も収納もそこそこあったから、中流以上と言えた。

高校卒業する前に理由を訊ねてみたことがある。

「そこは貯蓄とか手当とかの他にいろいろあるから。その内、貴女にも財産分与とか来るはずだから、その時に説明する」

それなりに資産がある口ぶりだ。

「納税だってちゃんとしている。割と額が大きい。それも教える」らしい。

その時が来たらよろしくと頼んでみたが、あまり実感はなかった。

それから月日は流れ、令和元年を迎える少し前だった。

「彩香に話があるから、今度の日曜は朝から家にいなさい」

母親から命じられた。

真剣な面持ちに、予定が入っていたことすら言えない。頷く他なかった。

日曜当日。

朝早めに起きたが、普通に朝食を摂り、家事を済ませていく。

（いつ話をするんだろう？）

催促すべきか悩む。しかし急かすべきではないと我慢した。

落ち着かない気持ちで昼食を摂った後、午後一時過ぎだった。

「家中の窓を閉めて。鍵を掛けて」

母親の言う通り、全部の戸締まりを済ませ、リビングへ行く。

良い香りが漂っている。珈琲が淹れてあった。

母親はソファに座っている。改まった雰囲気に自分は何処へ座るべきか戸惑った。

「そこへ座りなさい」

母親の真っ正面、カーペットの上だ。

膝を揃えて座ると笑われる。

「これから長い話なのだから足が痺れる。膝を崩しておきなさい」

言われるがままにした。

「さて、これから話すことは、人に話してもいい。でも、きっと信じて貰えない」

意味深長な言葉から、長い長い話が始まった。

姫野家はある時から男子を得られない家系と判明した。
江戸時代後期の話だ。
地方の豪商だった姫野家に跡継ぎが産まれなかった。
娘がひとりいたので婿を取る。が、子を成した途端に婿は亡くなった。
産まれた子は女児であった為、男児を得るため、新たに婿取りをする。
ところが、その新しい婿は子を作る前に病で命を落としてしまった。
流石に三人目という訳にもいかず、最初の婿が残した女児を大切に育てた。
商売は上手くいっていたのが、不幸中の幸いだろう。
しかし、当時の主人が世を去ってしまう。
商売は残った家族、番頭《ばんとう》や手代《てだい》たちが頑張ったので、問題はなかった。
女児が成長し、婿を迎える。
すぐに懐妊したが、その直後、婿が世を去った。
産まれてきたのは女児だった。
〈これはただごとではない〉

姫野家は「はっきみ（注：八卦見か？）」へ頼んで、祟りや呪詛、死霊の仕業かどうかを見て貰った。

答えは〈姫野家が過去に人を数名殺している〉〈戦ではなく、物盗りなどの身勝手な理由によるもの〉〈それが原因で、障りがある〉。

障りとはどういうものかと訊ねれば、はっきみは答えた。

〈家に男子が得られないようにしている。代わりに女児が産まれ、婿取りをさせる〉

皆、震え上がった。そこまで恨まれているのか、と。

〈相手は殺した数名だけではなく、他に商売敵や姫野家を恨みに思っている連中の念が凝り固まり、恐ろしいものになっている。いかんともし難い〉

〈自分には手に負えない〉とはっきみは帰って行った。

以降、姫野家は没落はせぬままも、跡継ぎの男子に恵まれることはなかった。

が、僅かな変化が始まった時期がある。

それは幕末を経て、明治へ世の中が変わった辺りだ。

明治の文明開化から日本という国が変わったことで商いが変化した。姫野家は対応が遅れ、徐々に衰退を始める。時流が読めなかったのだ。

手広く行っていた商売を縮小するが、時すでに遅し。

全てを察した当時の番頭や手代は姫野家から逃げるように辞め、その際数々の品物や金銭を持ち出して行方をくらました。これがとどめとなり、豪商・姫野家は終わった。

この煽りか、姫野家の人々は次々に病に倒れていく。

残ったのは二人だけだった。当時二十代の母親とその娘だけである。

日々の暮らしすらままならぬ状況であったが、ある奇特な人物が後添いとして母親を連れ子と一緒に迎え入れた。

相手は何処かの店の主人であったらしいが、どのような商いであったかは伝わっていない。妻に先立たれ、子供もいない中年男性であったようだ。

が、数年後、主人から突然離縁を申し渡される。何が理由か残されていない。

その際、主人からの温情である程度の金銭か何かを受け取った。

母親と娘は小さな店を始め、屋号を「姫野」とした。

明治期は三十一年になるまで夫婦同姓が導入されていなかった。だとすれば、母親は姫野の家の名を保持しており、離縁後、屋号として使用に踏み切ったのだろう。

そして、娘が成長し婿を取ったが、産まれたのは女児である。その後、婿は突発的な事故で亡くなった。まだ、はっきみの言った恨みは残っているようだった。

明治、大正、昭和。姫野家は女児ひとりだけが生まれ、その子は家名を守るため婿を取り続けた。婿は子を成すと様々な理由で死んだ。

血筋としての直系はこの女児だけが受け継いでいくことになるので、姫野家は何時までも〈母ひとり、娘ひとり〉であった。

激動の昭和、戦争がもたらした動乱は、戦いが終わっても数多くの影響を残していく。

姫野家はその煽りを受け、一度店を閉じた。

当時の母親と娘は幾ばくかの金銭と身の回りの物を持ち、ある地方へ赴いた。

伝《つて》がある訳ではなかったが、何らかの勘が働いたのかも知れない。

戦後の高度経済成長期は日本中で様々な商いの種を撒いた。

それにより潤った会社社長の男性が、姫野家の娘を娶った。男は三十代で初婚、娘はまだ十代だった。

二年もせずに子が産まれたが、やはり女児である。

産後、一年も経たずに社長に愛人がいることが発覚。

当時「愛人を持つのは男の甲斐性」だと言う話も残っていたが、問題はその後だ。

愛人が男児を産んだ。社長はその子を跡取りと定める。

実の母親がいた方が良いと、姫野の娘は子と供に離縁された。この際、かなりの慰謝料などを得ている。それほど社長の資産は莫大だった。

ところが離婚後、社長は突然倒れ、帰らぬ人となった。残された息子は幼く、結果、会社そのものが人手に渡った。


高度経済成長期から成長安定期、バブル経済期……数々の時代を姫野家は母ひとり娘ひとりで渡ってきた。

必ず「娘が婿を取るか、誰かに嫁ぎ、離婚される。子をひとり成す。子が産まれてからさほど間を置かず、子の父親は死ぬ。慰謝料や財産分与で多額の金が残る」を繰り返して、だ。

加えて、明治辺りからもうひとつ厭な符合が増えた。それは「娘が婿を取り、子が産まれてから母親が死ぬ。大体、三十から五十代で死ぬ。現代の平均寿命から考えると、姫野の人間は短命である」。

だから、基本的に姫野の血筋は同時に二人しか残らないことになる——。


母親が話した内容は、大体このようなものだった。

娘である姫野さんからしても、俄に信じがたい内容だ。だが、自分の今と照らし合わせると、納得がいく。

産まれる前に父はいなくなり、母親の手ひとつで育てられた。

金銭的に恵まれており、お金に困ったことはない。

「それに、お父さんがいないのと、親戚が遠くにいるから会えないって」

「うん。お父さんは離婚した直後に自殺しちゃったし、私のお母さん――彩香のお祖母ちゃんになる人も病気で死んじゃったの。だから遠い所にいる。でしょ？」

正直、血の気が引く思いがした。

自分はそんな家の血を引いているのか。

呆然と座り込んでいると、母親が一冊のノートを手渡してくれた。

「今、話した内容はここにメモしてあるから。もっと詳しく書いてある。読んでも嘘だって思うだろうから、一応、自分の口で話したの」

メモは、母親が自分の母親――祖母から聞いたものを書き付けたものだった。

曰く「貴女のお祖母ちゃんもメモを残していた。こうでもしないと忘れてしまうし、全部話すのも億劫だから、書いた物を渡せばいい。貴女もこれをベースに、自分の娘に渡すノートを作りなさい」。

パラパラとノートを捲った。確かに聞いた内容以外の部分も多い。

「次は税金関係とか、財産関連のことだけど、またの機会に」

何故、母親はこのタイミングでこんな話を始めたのだろう。

「なんで、って。貴女も三十歳になるでしょう？　そろそろ結婚じゃないの？」

そんな予定もないし、彼氏も今はいない。だからまだまだ先だと答えれば、母親が暗い顔で口を開いた。

「……多分ね、三十を越えたらすぐに誰かが現れて、結婚して、子供が出来る」

だって、お母さんもそうだったもの、予定も彼氏もなかったのに、と苦笑いを浮かべた。


異様な話を聞かされたせいか、数日の間、彼女の夢見は悪かった。

血の池の真ん中で、沢山の男たちが上から踏み付けてくる悪夢だ。

男たちは〈沈め、沈め、死ね、死ね〉と繰り返しながら、力一杯、何度も何度も足を踏み下ろしてくる。頭も顔も容赦なく踏まれ、激痛が走った。

力尽きて沈んでいくと歓声が沸く。そこで目が覚める。

起き上がっても厭な感覚と疲労感が残った。

あまりに同じ夢が続くので、母親へ愚痴を零した。

「同じ、厭な夢を何度も見る。気持ち悪い」

「どんな夢？」

詳細を教えると、母親は含み笑いする。こちらからすると笑いごとではない。

文句を言えば、余計に笑われた。

「だって、お母さんも同じだったから。あの話聞いたら、一週間くらいはその夢見るみたいよ。だから我慢していたら見なくなる」

正味の話、気持ちが悪い。何故、母親は平然としていられるのだ。

自分の思いを訴える。母親はキョトンとした顔でじっと見詰めながら、こう言った。

「だって、もう決まっていることなんだから。仕方ないでしょう？」

よく見れば、目の焦点が合っていない。いや、表情そのものがおかしかった。例えるなら、不気味の谷現象、か。人間そっくりに作られた人形が動いているような感覚だ。

「お母さんね、考えたことがあるの」

喋る声はいつもと同じなのに、作り物のような顔と滑らかな動きが気持ち悪い。

「……考えた？」

「うん」

母親はこくりと頷き、滑らかな口調で続ける。

「姫野の女たちにとって、男は多分、子作りの為の種を提供して、金銭を運ぶ存在なの。でも、それって、何かに似ているなぁって思ったら、テレビでやってた蟷螂《かまきり》の生態に少し似ているのよねぇ」

蟷螂は交尾をすると、メスがオスを食べる。必ずしも行われる行為ではないが、オスを食べたメスは、通常よりも沢山の卵を産むという。

「沢山の卵ではなくて、女の子ひとりだけどね。きちんと産んだら、相手の男は死んじゃう。お金という栄養分を残して」

言葉のチョイスが酷い。こちらの気持ちを知らずに、母親は話し続ける。

「姫野に掛かっている呪詛はシステム的だと思う。やっぱり仕方がないのね」

呪詛。システム。相反するような言葉に頭が付いていかない。と同時に、本能的に理解してしまうような気にもなる。

（そうか。お母さんの言う通り、姫野に掛かった呪詛には、抵抗できないのか）

諦めとも、悲しさとも付かない感情で、母親を見る他なかった。

改めて書くが、現在、姫野彩香さんは三十歳である。

現状、付き合っている男性も結婚の予定もない。

合コンどころか、昨今流行っている婚活にも一切関わらないようにしている。もし、自分が結婚して子供が出来たら、夫になった人も、母親も死ぬからだ。そして産まれてくるのが女児であったら……。

彼女自身、このまま母親と二人で暮らそうと考えている。

母親が老衰で亡くなるのを看取り、自分は遺された財産でひとり静かに暮らし、最後はひっそりと死にたい。それが切なる願いだ。


——さて。これを書いているのは締め切り間際である。

姫野さんが受け継いだノートには、書けないことが多くあった。

個人が特定される怖れもだが、内容的にプライバシーを侵害しかねない内容だからだ。

今回書いたのは、何度も確認して貰った結果である。

ところが、途中、二人で気付いた。

〈話したあの部分が、何処にもない〉〈書いたはずなのに、消えている〉

その後、何度かテキスト化して構成上置くべき場所へ挿入したが、いつの間にかなくなった。或いは、保存したはずなのに以前のデータのままだったこともある。

仕方がないので別項として残すようにしたのだが、それでも上手くいかない。

何度も試したが駄目だった。

悩む中、苦肉の策を思いついた。この話を書く際、私が書いたメモはきちんと保存できている。なら、それをそのまま貼り付けたら上手くいくのではないか。

実行すると予想通り、上手くいった。

執筆用メモなので少々読み辛い上、理解しづらいが、ここへ残す。ご了承頂きたい。


家への呪詛。何故一家を根絶やしに等しない？　血筋を残す為。

はっきりみ。八卦見？　遠い先の代。一番厭な形で呪いの成就。

これが血筋を残す理由。それほど深い恨み。

呪いの成就とは？　どんな形か不明。家、関係した人たちへ？

令和元年。数ケ月経過。何かあったか？　あった。男絡み。

いつまで続く？　令和になっても終わらないと思う。

だから結婚しない。令和は目出度くない。

殷賑

牛田友紀さんは、令和になってから笑顔が絶えない。

先日も九段下《くだんした》近くで彼女に会ったが、朗らかな表情だった。

平成が終わる少し前には「あー、疲れた。やだ。ムカつく」という言葉を発することが多く、何事にも積極性を欠いていたと思う。

「いやー、二十代後半突入ですからね！　私もいろいろやってかないと！」

急な変貌ぶりに面食らってしまう。少し前の状態から、何故ここまで変わったのか。

「気になります？　なら教えてあげます」

平成最後の年、牛田さんは正月からまったくツイていなかった。

年末を一緒に過ごした彼氏から突然別れを切り出された。

しつこくすがりつくのも大人として格好が悪いと思い、素直にそれを受け入れると逆ギレされる。「お前の俺への思いはその程度なんだな！」等と怒鳴られた。

失恋の痛手を引き摺ったまま友人たちと新春バーゲンに出掛ければ、そこで財布を落とす。カード決済の予定で、入れていた現金は少なかったが、そのカードなどの停止を含めて全てが面倒な状況だ。見つかった財布は現金が抜かれ、ご丁寧に各種カード類は鋏が入れられていた。

続く不運に疲れ切り、それでも気分転換とヘアサロンで髪を切れば、予想外の駄目パーマを当てられ、凹みまくる。帰りは買ったばかりのヒールが折れた。

正月が明け、職場へ行くと何故か風邪を貰ってしまい、高熱を出す。熱が下がって復帰したら、階段から滑り落ちて、足を酷く捻挫する。

兎に角、平成最後の年は最悪の幕開けだった。


二月。

三重県の伊勢市に住む母方の祖母が遊びにやって来た。

両親の都合が付かず、彼女がひとり駅で出迎える。

改札から出て来た祖母が開口一番、驚きの声を上げた。

「友紀ちゃん！　あんた大丈夫なの？」

一見しただけで調子が悪いのが分かったらしい。心配する祖母に、ここ最近の出来事を話して聞かせた。

「ふうん。それはツイてないねぇ……。そうだ」

今から知り合いに連絡するからちょっと話してみなさいと、お祖母ちゃんがポケットからガラケーを取り出して電話を掛け出した。

「あのね。この人は三重の知り合いで、占い師さんやっている人。——あ。もしもし。孫に変わるから、話してあげて」

牛田さんに電話を替わる。

『ああ、お孫さん？　今、大丈夫なの？』

「はい、大丈夫で……」

『うん。あのね、貴女ね、多分、今最悪なときだから。私の言う神社に、一日一社を訪ねるとして、三日掛けてお詣りしなさい。そうしたら大丈夫だから』

押しが強い。ともかく言われるがままに神社の名前を三つメモして、祖母へ電話を渡した。何事が話した後、通話を切り、こちらへ向けて微笑む。

「この人の言う通りにしたら、大丈夫だからね！」

そういうものなのかねぇと半信半疑でメモを清書しているとき、ふと気がついた。

（電話の人、お祖母ちゃんから何にも聞いていないのに、突然『今最悪なときだから』とか話し出したな……。何故、こちらの状況が分かったんだろう？）

ほんの少し、信じる気持ちが湧いてくる。縋れる藁があるのなら、縋ってみるのもひとつの方法だ。彼女は三重の占い師の言う通り、神社へお詣りをすることを決めた。

三月。

足の状態もよく、これなら神社巡りも出来そうだった。

金曜日に一日だけ有休を取れば、三日は確保出来る。

目的地の神社はそれぞれが離れている上、東京から遠い。一ヶ所につき、一日使うのがベターな選択だ。だから一日一社なのか。

感心しながら、徐々に東京へ近づくルートを設定した。

初日を迎え、まず、最初の神社を目指す。

空港に降り立ち、バスに乗ろうと時刻表を見るとあと五分で出るようだ。

慌ててチケットを買い、飛び乗った。

そこからは渋滞もなく、全てアクセスが上手く行き、思ったより早く着く。

鳥居を見上げると、何か懐かしさを感じる。初めての場所なのにどうしてなのだろう。

お詣りを済ませ、境内で寛いでいると拝殿の脇からひとりの男性が出て来た。

整えられた白髪と、白いワイシャツに白いスラックスだ。

会釈すれば、その老人が近寄ってきて、のんびりと話し始めた。

「へー。東京から。遠かったねぇ」

優しげな風情も相まって、何となく癒やされてしまう。

「そうだ。新元号になるでしょ？　だから今年は神様たちもいろいろお忙しいの。神社も神様の謂われのある場所も賑やかよ。もしこれから他の神社へ行くのなら、雰囲気を楽しんでみて。凄く活気が溢れているから」

そういうものなのだなと納得してしまう。

「良い旅をね」

老人は社務所へ入っていった。

(あ。ここの人なんだ。お写真を一緒に撮りたかったなぁ。お願いしてみようかな)

カメラを手に、社務所へ行くと巫女が数名いる。

これこれこういう方がいらっしゃったのですが、出来ればお写真を一緒に撮りたい、と頼めば首を傾げられる。

「そういった者はおりません」

「でも、確かにここへ入りました」

「白髪の人がいないんです。先日代替わりしましたから」

結局、あの老人の正体は分からずじまいだった。


翌日、早朝に二つ目の神社へ移動した。

到着したのは、お昼前。あまり人がいない神社で、とても静かだった。

(あ、でも、言われたように雰囲気を楽しんでみよう)

拝殿に手を合わせた後、境内で大きく深呼吸をしてみる。

遠くで何か笛の音や太鼓の音が聞こえたような気がした。

神楽舞などの楽器練習でもしているのだろうか。周りを探してみるが、そのような様子はない。耳を澄ませばやはり音楽が聞こえる。

耳を頼りに辿り着いたのは拝殿脇の神楽殿らしき場所だ。しかし誰もいない。

不思議だなぁと神社を後にした。


三日目も同じく、神社の境内で面白いことが起こった。

歩いてると木や藤の花、他の心地よい花の香りが代わる代わる香ってくる。

参道から拝殿前に行くにつれ匂いは強まって来た。

心地よさの中、参拝を終えると今度は四方から風が吹き始める。どことなく賑々しい雰囲気も漂ってきて、うきうきした気分になった。

とはいえ、藤の花の時期ではないし、周囲は神職しかいない。

(これもあのお祖父さんの言っていたことなんだろうな)

気持ちよく帰京し、自宅へ戻って荷解きをしている時だった。

携帯が震えた。電話が掛かってきている。見れば三重のお婆さんからだ。

『友紀ちゃん！　さっき帰ってきたでしょ？』

「うん。え。どうして分かるの？」

『ほら、あの占い師さんから電話来て。〈お孫さん、東京帰ったはずだから。伝言して〉って頼まれたの』

「伝言？」

『うん。〈神社を巡ったからもう大丈夫。そして新しい元号になって、少ししたら運気が上がっていくから〉だって。あの人、見えているのねぇ』

電話を切りながら、驚きに鳥肌が立ちそうだった。

と同時に、これからはきっと大丈夫だという確信と共に、やる気が湧いてくる。

神社巡り、行って良かったと改めて思った。

「……だったんですよ！　凄いでしょ」

牛田さんは自慢げに笑う。

確かに凄い。それに神社へ出掛けた時、いろいろな不思議に出会うのは私自身体験済みなので、納得してしまう。

「え！　そうなんですか？　どこの神社ですか？」

仕事で行ったあそことあそこと、プライベートで足を伸ばしたあそことあそこ……等、複数答える。その中に、彼女が巡った三ヶ所は入っていない。

「へー、どこもいいところっぽいですね。私も行こうかな」

幾つかアクセスがしやすい神社をピックアップして教えた。

微笑みながら、彼女が言う。

「今度行ってみます。ほら、いろいろやらないと！」

小さなガッツポーズが微笑ましい。笑い合っていると、彼女が力説する。

「ホント、令和って、良い時代になりそうですよね！」

時代

～　令和怪談が見た時代

読んで下さった方々はすでにおわかりと思う。

本書「令和怪談　澤村有希の怪奇ホリック」のテーマは〈時代〉〈対〉である。

如何だっただろうか？

本書と連載は令和元年という時代に書かされた、と言っても過言ではない。


そう言えば、本書の原稿を執筆している最中、ある知人とお茶を飲んでいたときだ。

歴史について話をしていたが、私個人は日本史、西洋史など凡《およ》そ〈歴史〉と冠されるものに対し、全く明るくない。ただの不勉強である。恥ずかしい限りだ。

その知人との会話は、古代から平成に掛けての日本の歴史・事件に関する内容だった。

知人が語る歴史は、引用や例え話を使ったもので、大変面白かった。

遙か遠い昔の事が、とても身近に感じると伝える。

知人はくすりと笑い、こんな言葉を私に投げかけた。

「歴史は遙かな昔から、地続きで私たちと繋がっているんだよ。それにね、無関係な過去は今までひとつもない」

そうか、と得心がいった。

遠い過去から令和元年の今に繋がる「何か」を私は書いているのだ、と。


その歴史と事件についての話だが、途中で少し方向性が変わった。

「未解決事件の犯人は誰なのだろうか？」という推理である。

特に昭和から平成の事件のうち、幾つかについて知人は興味深い考察をしている。

例えば〈青酸コーラ及びパラコート無差別殺人〉〈グリコ・森永事件〉〈八王子スーパー強盗殺人事件〉〈世田谷一家殺害事件〉等の有名事件だ。

事件の背景となるその時代を鑑みて推察をしなくてはならない、らしい。

確かにその通りだと思った反面、ふと私が取材した話にも時代時代の事件が絡んでくるものがあった。今回は収録していないが、いつか書き下ろしてみたいものである。


さて、こうして漸く本書を上梓する事が出来た。

取材から執筆に掛けて、様々な出来事が私を襲った。

一部は本文中に書き残したが、他にもいろいろあったのも確かだ。

人の話し声や気配程度は当たり前。

体調に影響するものが一番質が悪い。

覚えのない傷が出来る。原因不明の激痛が身体の一部に走り、まともに動かせない。指が痺れてしまい、上手くキーボードが打てなかった。

兎に角、実害を被る。

あまりに酷いので近所の神社へ足を運んだ事もあった程だ。

歩けない程の体調不良であったが（どうしてもあの神社へ行かなくてはいけない）とある種の強迫観念的な思考に囚われた。

自宅を出、いつもなら十分もあれば着く神社まで三十分掛けて歩く。

境内へ入ると急に周囲の音が消える。激痛が和らいだ。

拝殿にご挨拶すると、急に頭の奥にあった靄のようなものが晴れていく。

帰りは体調万全となり、お腹が派手に鳴り出したほどだ。

迷わず近くにあるお気に入りのカフェへ入り、サンドイッチと付け合わせのポテト、と珈琲をあっという間に平らげた。それでも足りなくて、果実のケーキまで頼んでしまう。

おかわりのカフェラテを楽しみ、漸く満足して店を出た。

その日、異様なほど気力が充実し、原稿が進んだのはやはりご利益だろうか。

しかしながら、こうして私が再びＷｅｂ連載、及び、書き下ろし実話怪異譚を世に送り出せたのは、偏に沢山の方々のお陰である。

前著から、或いはＷｅｂ連載から応援して下さった読者諸兄姉。

体験談を提供、取材協力して下さった皆様。

そして本書の担当氏と編集部の面々。

誰ひとり欠けても為し得なかった仕事ではないだろうか。

ここに感謝の意を述べさせて頂きたい。本当にありがとうございます。


さて、次の〈怪奇ホリック〉は何がよいだろうか。

私の中に、今、幾つものテーマが浮かんでいる。

病膏肓に入る。やはり怪奇中毒者なのだ、私は。

二〇一九年　令和元年　十月

澤村有希

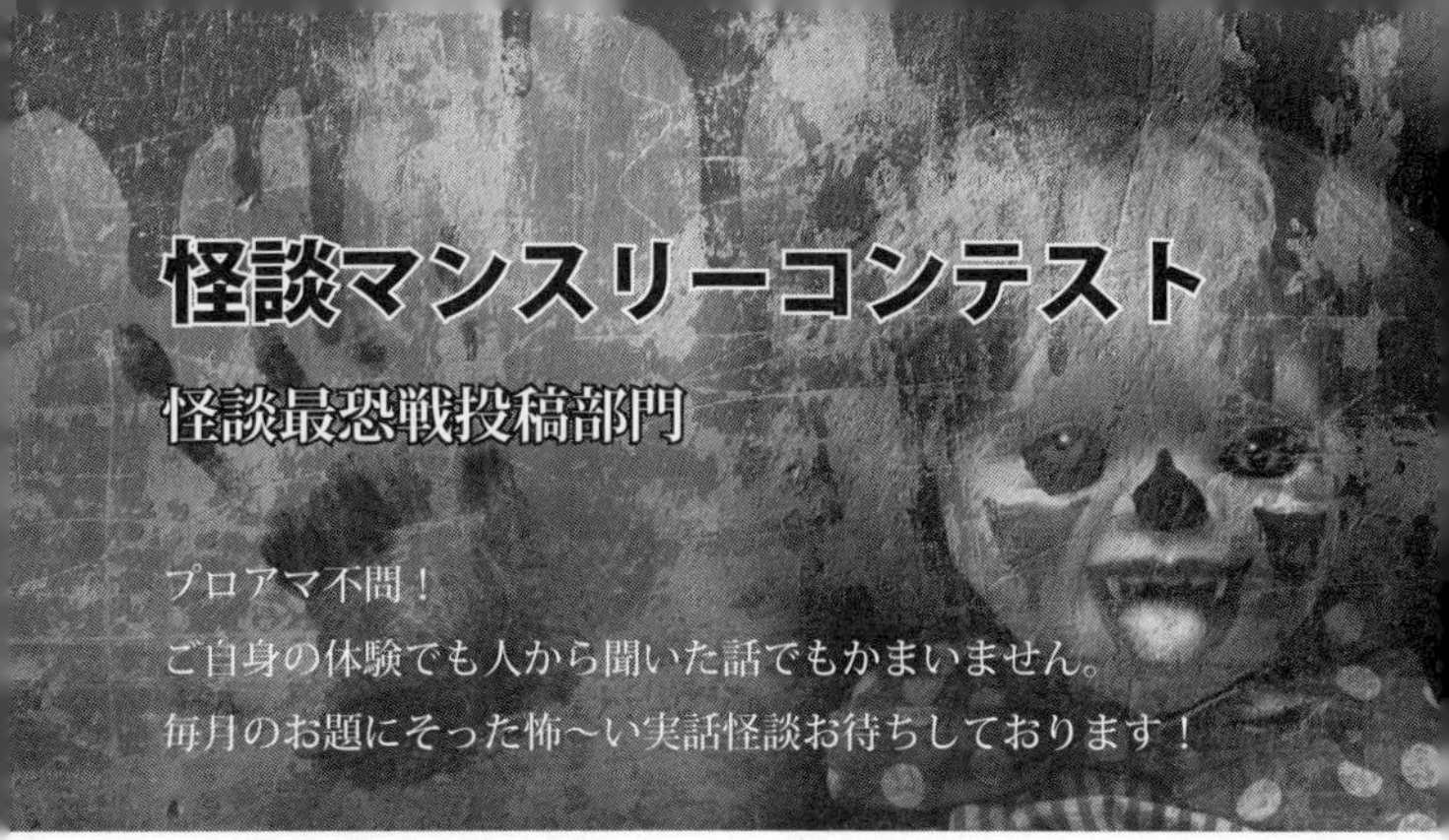

【11 月期募集概要】
お題：服に纏わる怖い話

原稿：　1,000 字以内の、未発表の実話怪談。
締切：　2019 年 11 月 20 日 24 時
結果発表：　2019 年 11 月 29 日
☆**最恐賞１名**：Amazon ギフト 3000 円を贈呈。
※後日、文庫化のチャンスあり！
佳作３名：ご希望の弊社恐怖文庫１冊、贈呈。

応募方法：　①または②にて受け付けます。

①応募フォーム
フォーム内の項目「メールアドレス」「ペンネーム」「本名」「作品タイトル」を記入の上、「作品本文（1,000 字以内）」にて原稿ご応募ください。

応募フォーム→ http://www.takeshobo.co.jp/sp/kyofu_month/

②メール
件名に【怪談最恐戦マンスリーコンテスト 11 月応募作品】と入力。
本文に、「タイトル」「ペンネーム」「本名」「メールアドレス」を記入の上、原稿を直接貼り付けてご応募ください。

宛先：　kowabana@takeshobo.co.jp

たくさんのご応募お待ちしております！

令和怪談 ～澤村有希の怪奇ホリック

2019年11月4日　初版第1刷発行

著者　澤村有希

カバー　橋元浩明（sowhat.Inc）
発行人　後藤明信
発行所　株式会社　竹書房
〒102-0072　東京都千代田区飯田橋2-7-3
電話 03-3264-1576（代表）
電話 03-3234-6208（編集）
http://www.takeshobo.co.jp
印刷所　中央精版印刷株式会社

定価はカバーに表示しています。
落丁・乱丁本は当社までお問い合わせ下さい。

ISBN978-4-8019-2041-5 C0193